Wir mögen Geschichten, die sich nah
am realen Leben orientieren.
Unsere Romane haben deshalb
als Grundlage immer ein wahres Ereignis,
um das wir die Geschehnisse drum herum erfinden,
genauso wie die Personen.
Es macht uns unbändigen Spaß, den Figuren
eine Existenz mit all ihren Facetten einzuhauchen.
Und wenn das Buch an Seiten zulegt,
wird es spannend, denn jede von uns
entwickelt zu einem dieser fiktiven Menschen
eine besondere Zuneigung ...

Schöne Lesestunden!

Sylvia und Sigrid

♥ 1 ♥

»Hast du schon den neuen Arzt gesehen?« Mias Augen verrieten deutliches Interesse.

»Nein. Wieso?« Judith sah ihre Kollegin neugierig an. »Aus welchem Bereich?«

»Gefäßchirurgie. Das ist ein echter Schuss! Ich habe den gestern Nachmittag in der Cafeteria getroffen.«

»Und? War er nett?«

»Ehrlich gesagt, das weiß ich nicht wirklich. Getroffen ist vielleicht auch etwas zu viel gesagt. Ich war mit Chrissy dort. Sie hat ihn mir gezeigt, er saß mit anderen ein paar Tische weiter.«

»Wie heißt der Typ denn?«

»Dr. Olaf Münstermann.«

»Dann bin ich gespannt, bisher hat er sich auf unserer Station ja nicht vorgestellt.« Judith wechselte das Thema. »Hast du dir das mit der Wohnung noch einmal überlegt? Willst du sie dir nicht wenigstens mal anschauen?«

»Nee, Judith, wirklich nicht. Ich ziehe nicht aufs platte Land. Never! Ich bin ein Stadtgewächs und bleibe es.«

Judith sah ihre Kollegin Mia verständnislos an. »Dass du so die Ruhe weghast! Wenn ich nur noch sechs Wochen Zeit hätte, eine neue Bleibe zu finden, ging mir der Arsch auf Grundeis. Um hier in

Hamburg eine einigermaßen bezahlbare Wohnung zu ergattern, musst du jemanden kennen, der jemanden kennt, der wieder einen weiß, der gerade auszieht und zum Vermieter ein freundschaftliches oder verwandtschaftliches Verhältnis hat.«

Mia kratzte sich am Kinn. »Ich weiß ja, es ist total schwierig. Und das ist echt geschönt gesagt.«

»Eben drum. Ich wohne so gerne im Alten Land. Auch die Nachbarn sind nett, das ist mittlerweile schon echtes Glück.«

»Genau das ist es! Nee nee! Ich hasse neugierige Nachbarn, die alles mitkriegen wollen! Und außerdem ist mir das zu weit draußen. Jetzt könnte ich sogar zu Fuß gehen. Wie lange fährst du?«

»Es sind knappe dreißig Kilometer eine Tour, also rundgerechnet eine halbe Stunde, je nach Verkehr.«

»Judith«, Mias Ton verriet Verständnislosigkeit, »ich fahre doch keine dreißig Minuten! Und was das an Sprit kostet! Ich bin eine Stadtpflanze und werde es bleiben. Heute Abend habe ich noch eine Besichtigung und am Wochenende eine weitere. Irgendwann muss es klappen!«

»Ich mach dir einen Vorschlag. Komm einfach in den nächsten Tagen zu mir raus. Du kannst meine Wohnung sehen, so ungefähr müsstest du dir die freie bei meiner Nachbarin auch vorstellen. Allerdings ist die etwas größer.«

»Vielleicht. Ich warte jetzt erst einmal die Besichtigungen ab, und ich möchte ...«

Den Satz beendete Mia aber nicht, denn der Chefarzt kam mit seinem Tross ins Schwesternzimmer.

»Auf geht's! Visite.« Er schnappte sich noch einen Kuli und steckte ihn in die Brusttasche seines weißen Kittels.

Im gleichen Augenblick erhielten sie eine Meldung von Zimmer 526.

»Ich kümmere mich.« Und schon war Judith verschwunden.

Mia setzte große Hoffnung in die abendliche Besichtigung. Die Fotos im Internet waren vielversprechend. Es gab sogar einen Balkon, den vermisste sie in ihrer jetzigen Wohnung an warmen Sommertagen sehr.

Die Kündigung vor sechs Monaten hatte sie überraschend getroffen. Sie wusste, dass ihre Vermieterin einen Sohn hatte, der in München studierte. Nie hatte sie damit gerechnet, dass er in seiner Heimatstadt Hamburg wieder auflief und ausgerechnet *ihre* vier Wände beziehen würde. Zwar hatte die Vermieterin seinerzeit gesagt, dass Mia die Wohnung räumen müsse, sollte ihr Sohn sich entscheiden, zurückzukehren. Aber sie hatte – war es wirklich bereits drei Jahre her – diesen Gedanken total verdrängt. Welcher echte Mann kroch denn nach einem Studium schon zu Mama zurück? Was war das bloß für eine Memme? Weichei, blödes!

Pünktlich stand sie vor dem Haus. In der Annonce war nicht vermerkt, dass hier locker dreißig Parteien wohnten. Nun, vielleicht überzeugte die Ausstattung. Jedenfalls könnte sie zur Straße hin die Fenster nicht oft öffnen, denn die Autos stauten sich vor der Ampel direkt vor dem Hauseingang. Der Benzingeruch war deutlich. Auf dem Bild des Balkons hatte sie Grün entdeckt, es schien nach hinten raus ruhiger.

Zwei Minuten später war der Immobilien-Makler da, und sie wurde auf den Boden der Tatsachen gebracht. »Dann warten wir. Es kommen noch sieben weitere Interessenten.«

Auf ihren schüchternen Einwand, sie habe angenommen, sie könne sich die Wohnung allein und in Ruhe ansehen, starrte sie der Makler verständnislos an.

»Wo denken Sie hin? Wir sind hier in der Stadt! Wohnraum ist begehrt. Und ein Schnäppchen wie dieses sowieso.« Sie solle sich glücklich schätzen, dass er es ermöglichen würde, im kleinen Kreis zu besichtigen, das wäre bei Kollegen völlig anders. Da kämen schon mal vierzig bis siebzig Leute zusammen.

Eine Viertelstunde später liefen die Interessenten durch die knapp fünfzig Quadratmeter. Die Bilder im Internet waren mit Weitwinkel aufgenommen. Kritische Stellen hatte man weder fotografiert noch beschrieben.

Es gab ein innen liegendes, reinigungstechnisch völlig vernachlässigtes Bad. Mia hatte, als alle die Nasszelle – mehr konnte man dazu wirklich nicht sagen – verlassen hatten, kurz den Toilettendeckel hochgehoben. Ekel überkam sie.

Auf den so gepriesenen Balkon passten höchstens zwei Stühlchen, und das hintereinander. Das geschickt fotografierte Grün auf dem Foto stammte allerdings nicht von einem Baum, sondern von einem Plastik-Vorhang des gegenüberliegenden Balkons. Auch die Küche benötigte dringend eine Grundreinigung mit Desinfektionsmitteln. Lediglich das Wohnzimmer war vom Schnitt her angenehm.

Mia schluckte. Hier wohnen?

Die anderen Interessenten buhlten um die Gunst des Maklers. Was für Schleimer!

In einem unbeobachteten Moment schlüpfte sie aus der Wohnung.

Wieder auf der Straße, packte eine eiskalte Hand ihr Herz. Sie bekam Angst, denn jetzt wurde es wirklich sehr eng. Sie legte all ihre Hoffnung in die letzte Besichtigung am Wochenende.

»Und? Wie war die Wohnung?« Judith nahm das Tablett mit den beiden Cappuccino-Tassen samt Marmorkuchen und manövrierte es geschickt durch die versetzt positionierten Tische der Cafeteria.

Mia winkte ab. »Ein Albtraum, echt. Interessenten, die dem gierigen Makler in den Hintern kriechen, ein Balkon für Menschen mit Streichholzfiguren und das Bad total versifft. Die Küche nicht minder.«

»Willst du nicht doch ...?«

Aber Mias Aufmerksamkeit richtete sich auf den Eingang. »Schau«, raunte sie, ohne auf Judiths Einwand zu reagieren. »Da ist er, der neue Chirurg.«

Judith drehte sich um. »Nicht schlecht!«

»Was heißt nicht schlecht?« Mias Augen klebten an ihm, als er sich ein Tablett nahm und auf die Kuchentheke zusteuerte. »Der nimmt auch Marmorkuchen!«

Judith lachte auf. »Sag jetzt nicht, das sei Schicksal und wir daher mit ihm auf ewig verbunden.«

»Sei doch nicht so sarkastisch! Ich meine nur ... oh ... der kommt auf uns zu!«

Mia strich sich vor Aufregung übers Haar. Schon stand dieser gut aussehende Arzt in seinem blütenweißen, leger offenen Arztkittel samt Tablett vor ihrem Tisch und fragte, ob er sich zu ihnen setzen dürfe. An dem folgenden Gespräch beteiligte sich

Judith kaum.

»Mensch, Mia!«, schimpfte Judith, als sie zur Station zurückliefen, »wie kannst du dem so offensichtlich zu verstehen geben, dass du ihn Hammer findest?«

»Hab ich doch gar nicht!«

»Und wie du das hast!« Judith ahmte sie nach. *»Ich kann Ihnen das auch gerne zeigen. Es ist schließlich am Anfang nicht leicht, wenn man allein in einer fremden Stadt ist.* Ja sag mal! Woher weißt du denn, dass er allein ist?«

»Der trägt keinen Ring.«

»Welcher Chirurg trägt denn einen Ring?«

Ups, dumm gelaufen. Da hatte Judith natürlich recht. »Also, er hat deutlich durchblicken lassen, dass er Single ist«, verteidigte sich Mia. »Außerdem hat er sich über das Angebot gefreut.«

Judith holte tief Luft, sagte aber nichts mehr. Sie war allerdings erleichtert gewesen, als dieser Arzt angefunkt wurde und somit den Tisch verließ. Er war ihr einfach *zu* freundlich und außerdem viel *zu* neugierig.

Auf der Station wartete schon Pfleger Ringolf auf sie. Jedes Mal, wenn Mia sein Namensschild sah, musste sie schmunzeln. Als er seinerzeit ins Team kam, war sein erster Satz: »Sagt bloß niemals Ringolf zu mir! Da reagiere ich allergisch und schlage euch mit Betttüchern! Ich bin Ringo.« Die letzten zwei Buchstaben hatte er mit Tipp-Ex überdeckt.

»Eine von euch beiden Hübschen muss jetzt mit ran.« Ringo machte eine abwertende Geste zu den hinteren Zimmern. »Der Rentner aus 518 ist wieder äußerst renitent. Er sollte mit ein bisschen Weiblichkeit besänftigt werden.«

Ringos Blick blieb an Mia hängen, die die Augen verdrehte, sich aber direkt mit ihm auf den Weg machte.

»Wir hätten es deutlich leichter und würden erheblich Zeit einsparen, wenn manche Leute nicht so widerspenstig wären«, seufzte sie.

»Der ist sogar noch pampig obendrauf«, ärgerte sich der gutmütige Ringo. »Ich hasse das. Der Kerl hat nur einen gebrochenen Fuß, aber er ist derjenige, der am meisten leidet.«

»Ich glaube, ich fahre ihn bei Gelegenheit mal zur Krebsstation rüber. Das wird ihm helfen.«

Vor der Zimmertür angekommen, hielt Ringo Mia am Arm fest.

»Wie sieht es aus? Hast du am Wochenende Zeit? Ich lade dich ins Kino ein und hinterher gehen wir tanzen.«

»Ein andermal gerne«, lehnte Mia ab. »Ich habe immer noch keine neue Wohnung, es stehen Besichtigungen an.«

»Ach herrje! Jetzt wird es aber eng, wie? Wenn ich dich irgendwie unterstützen oder beim Umzug helfen kann, sag Bescheid.«

»Danke.«

Mia war sich ziemlich sicher, dass es diesmal klappte. Die Wohnung war nur einen Katzensprung vom Krankenhaus entfernt, und der Vermieter hatte einen positiven Eindruck am Telefon gemacht.

♥ 2 ♥

Eine Woche später fuhr Mia, trotz strahlenden Sonnenscheins, schlecht gelaunt zu Judith ins Alte Land. Nackte Not trieb sie, obwohl sie es als reinen Freundschaftsbesuch deklariert hatte.

Die Wohnungsbesichtigung, in die sie so viel Hoffnung gesetzt hatte, entpuppte sich als die Mieseste von allen. Der Vermieter war ihr immer ganz nahe gekommen, hatte seine Augen mehr auf ihrem Busen gehabt als anderswo und wollte mehrfach wissen, ob sie denn auch wirklich Single sei.

Warum rieb er sich dabei ständig die Hände? Und weshalb hatte dieser widerliche Typ nur so eine sympathische Stimme am Telefon?

Bisher gondelte sie immer an der Elbe entlang Richtung Jork. Die Aussicht war toll! Warum eigentlich war sie hier noch nie gewesen? Sie sah auf die Anzeige ihres Navis. Es war nicht mehr weit. Bei der von Judith genannten Ausschilderung ließ sie ihren Wagen in eine gut ausgebaute Straße einbiegen. Die ersten Häuser eines Neubaugebietes erschienen. Hübsch, dieses Wort drängte sich ihr auf.

Danach schloss sich eine gemischte Bebauung an. Neue Häuser standen zwischen älteren, an vielen gab es Anbauten. Kinder fuhren Skateboard oder Fahrrad. Sie erreichte den Ortskern. Dort erblicke sie eine imposante alte Kirche. Den Platz davor säumten große Kastanienbäume, die einige Bänke beschatteten, auf deren Lehnen Jugendliche lässig abhingen. Vor ihnen waren Mofas abgestellt. Trotzdem schien die Kommunikation hauptsächlich über Handys zu laufen, denn alle hatten so ein Teil in den Händen, starrten mit gesenktem Kopf darauf und tippten fleißig.

Mia passierte einen Bäcker und ein Fleischerei-Fachgeschäft. Es gab sogar noch einen Schuhmacher im Dorf! Wie überlebte der denn?

Ihr Navi zeigte die letzten Kilometer an. Sie fuhr an der Ausschilderung für zwei große Supermärkte vorbei. Sieh an, ganz verloren schienen die Menschen hier ja nicht zu sein.

Die Bebauung wurde wieder dünner, die Architektur änderte sich.

Linksseitig entdeckte sie ein Wegekreuz. Davon hatte Judith ihr erzählt. »Ab da sind es nur noch wenige hundert Meter. Die Fachwerkhäuser zeigen dir an, dass du dem Ziel nahe kommst. Es wird dir gefallen.«

Das stimmte tatsächlich. Alte Bäume säumten die Durchfahrtsstraße. Mia suchte nach einem Wort für die Häuser, teils mit Reetdächern, teils mit Fachwerk, die sie sah. Malerisch war wohl die richtige Beschreibung. Die Blumen in den Vorgärten konkurrierten in den prächtigsten Farben miteinander. Hier gab es keine Mauern. Hübsche kleine Hecken oder niedrige Staketenzäune grenzten die malerischen Bauten ein. Selbst die Straßenlaternen konnte man einer älteren Zeit zuordnen.

Aber was sich die ganze Zeit schon wie ein Fest für ihre Augen an diesem schönen Sonnentag präsentierte, waren die in voller zartrosa Blüte stehenden Apfelbäume. Sie hatte längst die Scheibe heruntergelassen, es duftete nach Frühling. Die Blüten verströmten einen betörend frischen Duft. Sie sah Hummeln und Honigbienen geschäftig durch die Luft schwirren. Das war ungewohnt, großartig und kaum zu beschreiben.

So hatte sich Mia das nicht vorgestellt, es war wie das Eintauchen in eine unwirklich magische Märchenwelt. Automatisch drosselte sie die Geschwindigkeit und nahm diese Eindrücke intensiv auf. Sie fuhr langsam die schmalen Straßen entlang und entzifferte die Straßennamen auf den teilweise verwitterten Schildern, die sich ihr rechts und links mal mehr, mal weniger lesbar präsentierten: Dorfstraße, Bachweg, Hinterdeich, und dann lag es vor ihr, das Sträßchen Vogelroute.

Mit klopfendem Herzen bog sie in die Sackgasse ein. Sie sah bereits den Wendehammer. Es war tatsächlich so, wie Judith ihr das beschrieben hatte: »Wir haben nur ein paar Häuschen auf der Straße, kennen uns alle und halten zusammen.«

Sie betrachtete die alten Reetdach-Fachwerkhäuser. Einige von ihnen hatte kleine Nebengebäude. Schön sah es aus, aber wollte sie hier leben? Gemischte Gefühle beschlichen sie. Es war so anders.

In Nummer 4 wohnte Judith. Mia musterte das altehrwürdige Gebäude. Alles wirkte top gepflegt. Ihre Kollegin hatte nicht übertrieben.

Judith stand hinter dem Fenster und sah auf die Straße. Mia parkte gerade, stieg jedoch nicht aus. Wahrscheinlich hat es ihr die Sprache verschlagen, dachte sie. Die letzten beiden Monate hatte sie Mia mehrfach eingeladen, aber erst jetzt konnte sie sich dazu durchringen, einmal aus der Stadt zu ihr herauszufahren.

Not und Verzweiflung bei ihr mussten daher groß sein. Gut so.

Von der Vermietung im Nachbarhaus hatte sie Mia gegenüber absichtlich nichts mehr erwähnt. Sie sollte zuerst einmal sehen, wie schön sie hier lebte. Dies weckte mit Sicherheit die Neugier ihrer Kollegin, sodass von selbst der Wunsch entstehen würde, die freien Räumlichkeiten zu besichtigen. Dahin wollte sie Mia bringen. Tschakka, die Show konnte beginnen!

Mia war wirklich total nett und stets hilfsbereit, oft aber auch in ihren eigenen Konventionen gefangen: Man wohnt in der Nähe der Arbeitsstelle – der Mann muss passenden Alters sein – die Frau darf nicht älter als der Mann sein – Mädels machen niemals den Anfang – Kinder werden von der Frau erzogen, der Mann ist der Ernährer der Familie ... und anderer völlig überholter Quatsch.

Leider hatte sich Mia in den neuen Arzt verguckt, der irgendwie ständig aufkreuzte, ob auf der Station, im Aufzug oder in der Cafeteria.

Jedes Mal bekam Mia glänzende Augen, doch Kollegin Chrissy von der Chirurgie ebenfalls, und die Kolleginnen im Labor gehörten gleichermaßen zu seinen Fans. Er sah klasse aus, keine Frage, ihr selbst war er jedoch gleich mehrere Spuren zu glatt.

Sie mochte Männer mit Ecken und Kanten, wie Professor Winter. Der war dreiundzwanzig Jahre älter als sie, aber so attraktiv, dass ihr schwindelig wurde, wenn er sie nur ansah. Er war absolut integer, eine Koryphäe auf seinem Gebiet und ein international begehrter Experte. Seit mehreren Jahren war er kinderlos geschieden und Judith hätte viel dafür gegeben, einmal einen Abend mit ihm zu verbringen, denn er schien nach wie vor allein durchs Leben zu gehen. Geschickt hatte sie Erkundigungen eingezogen.

So geisterte er immer wieder durch ihre Tag- und Nachtträume.

Mia stieg gerade aus und holte einen Blumenstrauß vom Beifahrersitz. Judith freute sich. Der würde sich wundervoll auf ihrem runden Tisch machen!

Kurz danach sah sie in die kugelrunden Augen ihrer Kollegin. »Gefällt es dir?«, fragte sie.

»Es ist«, Mia sah sich interessiert und erstaunt um, »es ist ganz anders, als ich dachte.«

»Hab ich dir doch erzählt.«

»Du hast mir nicht gesagt, dass du in einem Nebengebäude wohnst. Hast du dieses Häuschen etwa ganz allein für dich?«

»Ja klar.«

»Der Wohnbereich wirkt groß«, bemerkte Mia.

»Weil die Küche in den Raum integriert ist. Willst du den Rest auch noch sehen?«

»Und ob!«

Links führte eine offene Treppe nach oben.

»Von außen wirkt es ziemlich klein. Und da kann man noch hochgehen und gerade stehen?«

»Das funktioniert. Und irgendwo muss ich ja schlafen«, kicherte Judith.

Sie erklommen das Obergeschoss. »Total gemütlich. Schräge Wände mag ich gern«, gab Mia zu.

Als Judith dann die Tür zum Badezimmer öffnete, war sie völlig erstaunt. »Es ist ja total modern!«

»Die Hausbesitzer haben fast alle modernisiert. Nur so kann man vernünftig vermieten. Viele hier im Umkreis bieten Ferienwohnungen an, aber die Eigentümer dieser Straße sind sich einig, nur fest zu vermieten. Mit Ferienwohnungen käme eine Menge Unruhe hierher, das möchte keiner.«

Sie stiegen wieder hinab ins Erdgeschoss. Vor der Flügeltür zur Terrasse blieb Mia stehen und sah hinaus. Sie blickte in einen großen Garten mit Baumbestand. Auch hier war es ein weißes und rosafarbenes Blütenmeer, das von einem dieser typischen Bewässerungsgräben, die er hier überall gab, abgegrenzt wurde.

»Wow, gigantisch!«

»Du sagst es. Dies Häuschen hier und der Ausblick auf die Elbe während der Fahrt zur Klinik lassen mich einfach glücklich und zufrieden sein.«

Mia drehte sich gedankenvoll zu ihr. »Jetzt verstehe ich, was du meinst.«

Judith ging nicht darauf ein. »Komm, ich habe Waffeln gebacken. Setz dich, ich hole uns Kaffee.«

»Oh, ich liebe Waffeln. Ich habe da auch ein ganz tolles Rezept von meiner Oma.«

Mia nahm an dem runden Tisch Platz. Judith hatte sich für eine moderne Einrichtung entschieden, die harmonierte jedoch wundervoll mit dem alten Fliesenboden.

Nun passierte genau das, was Judith beabsichtigt hatte. Mia begann immer wieder, über die ihr angepriesene Wohnung zu sprechen. Sie selbst hielt sich bedeckt und stachelte damit die Neugier ihrer Kollegin an.

»Ich bin total geflashed. Ich habe gedacht, in diesen in die Jahre gekommenen Häusern seien auch die Bäder veraltet.«

Judith lachte auf. »Wie schon gesagt, das ist abhängig vom Besitzer. Hier in der Siedlung ist jeder darauf bedacht, die alten Geschosse gut im Futter zu halten. Das heißt, es wird immer wieder renoviert. Ist aber auch ein kostspieliges Vergnügen.«

»Ach, dann sind die anderen Häuser ebenfalls modernisiert?«

»Mehr oder weniger. Hier auf der Vogelroute sowieso. Du hast ja kaum Kirschen auf deiner Waffel. Möchtest du noch?«

»Sehr gerne.« Mia hielt ihr den Teller hin.

»Die Kirschen sind übrigens aus einem Nachbargarten. Hier stehen viele Obstbäume. Der eine hat Äpfel und Pflaumen, der nächste Birnen oder Kirschen. Jedenfalls wird zur Erntezeit immer ausgetauscht.« Judith schaufelte Früchte auf Mias Waffel. »Natürlich hatte ich die eingefroren, denn Kirschen gibt es ja jetzt noch keine. Echt schade, dass du nicht schon eher hier warst. Dann hättest du dich sicher entschließen können, mit zum Altländer Blütenfest zu kommen. Das lasse ich mir kein Jahr entgehen.«

»Ja schade, das wäre sicherlich schön gewesen.« Mia war ein bisschen verlegen.

Judith reichte ihre die Sahne, die sich Mia großzügig auf den Teller tat. »Die ist aber nicht von den Muhkuhs, die ich auf der Fahrt hierher auf den Weiden gesehen habe?«

»Nee, das ist Bio-Sahne aus dem Supermarkt.«

»Das beruhigt mich. Ich dachte, ihr seid in puncto Milch hier ebenfalls autark. Wie heißt es in der Werbung immer so schön? Die Kühe stehen garantiert 160 Tage auf der Weide. Ich frage mich, was die in der restlichen Zeit des Jahres machen.«

»Na, Urlaub natürlich.«

Beide kicherten albern.

Judith versorgte sich selbst mit einer weiteren Waffel. »Wie war deine letzte Besichtigung? Du warst diesbezüglich so positiv gestimmt. Höre ich jetzt die frohe Botschaft, du hast eine neue Wohnung?«

Mia senkte die Augen. »Das war bisher der größte Gau.«

»Warum?«

Sie berichtete von dem schleimigen Vermieter. »Und dann gab es auch noch eine Verbindungstür zwischen der Wohnung von ihm und der Mietwohnung. Er hat das damit begründet, dass seine Kinder früher da gelebt hätten.«

»Nein!«

»Doch! Und Zumauern war für ihn keine Option.«

„Na, du wirst schon noch fündig. Du hast sicherlich das Glück der letzten fünf Minuten.«

Mia schluckte. Man sah ihr das Unwohlsein an. Judith nahm es mit Genugtuung zur Kenntnis.

»Vielleicht wartet *die* Traumwohnung zum Abschluss deiner fürchterlichen Suche.«

»Wenn ich ehrlich bin, hab ich nicht mal mehr ein Hoffnungsschimmerchen. Es stehen entweder die teuren Wohnungen drin, die ich mir niemals leisten kann oder die Schrottunterkünfte, die niemand haben will. Ich konnte keine Besichtigung mehr ergattern und bin total verzweifelt. Ich will doch meine wenigen Möbel nicht einlagern und in ein Hotel ziehen!«

Judith blieb stumm, nickte nur bedächtig.

Und dann passierte das, was Judith bezweckt hatte, ohne einen Quietscher erwähnt zu haben.

»Sag mal«, Mia kratzte sich verlegen am Kopf, »ist die Wohnung denn bei deinen Nachbarn noch frei?«

»Du, das weiß ich gar nicht. Zumal solch tolle Schnäppchen auf dem Land immer beliebter werden. Und ich habe die Behrens die letzten beiden Wochen nur ganz kurz gesehen, das heißt, wir haben uns nur gegenseitig gewinkt.«

»Ach so ...«

Judith ließ Mias Worte einige Momente im Raum schwingen, nahm einen Schluck Kaffee und teilte sich genüsslich einen Bissen von ihrer Kirschwaffel ab. Dann sah sie Mia direkt an.

»Wir können doch mal kurz rübergehen. Ich weiß nur nicht, ob sie daheim sind. Sie sind nämlich in unserer Gemeinde recht aktiv. Und fragen kostet nix!«

»Wenn dir das nichts ausmacht, weißt du, hm ... vielleicht wäre eine Wohnung hier doch nicht schlecht. Die Fahrt war eigentlich gar nicht so lang und öde wie gedacht. Gut, das Spritgeld, aber wenn man dafür gemütlich wohnt ...«

»Kannst du steuerlich geltend machen. Weißt du was? Wir gehen direkt! Mehr als *vermietet* können wir schließlich nicht hören.«

Mia sprang auf.

»Hey, warte! Ich nehme Waffeln mit rüber.«

Judith schichtete liebevoll einen Teller mit Waffeln und füllte Sahne in ein Schüsselchen ab.

So fand sich Mia vor der Haustür des gegenüberliegenden Fachwerkhauses wieder.

Auf einem alten trüben Messingschild las sie: Rose

und Rabea Behrens.

Fragend sah sie Judith an. »Oh … ich dachte ... ist es kein Ehepaar?«

»Nein, habe ich auch nie gesagt. Es sind zwei Schwestern. Beide hoch in den Achtzigern.« Judith amüsierte sich sichtlich bei dem irritierten Blick von Mia. »Ich weiß genau, was du jetzt gedacht hast. Arsen und Spitzenhäubchen.«

Die leichte Röte, die über Mias Gesicht huschte, sprach Bände. Ihre Freundin grinste.

Judith klingelte zweimal kurz und einmal lang.

»Unser Erkennungszeichen«, erklärte sie.

Die Tür öffnete sich.

♥ 3 ♥

Mia stand vor einer kleinen zierlichen, sehr alten Dame mit kohlrabenschwarzen Augen, die in interessantem Kontrast zu ihrem weißen Haar standen, das locker zu einem Knoten geschlungen war. »Oh, wie nett, du besuchst uns, Judith?«

Judith nickte und hielt ihr den Teller hin, der mit Freude angenommen wurde.

»Und wen hast du denn da mitgebracht?« Das schwarze Augenpaar fiel prüfend auf Mia.

»Meine Kollegin und Freundin Mia.«

»Dann kommt ihr beiden mal rein.«

Mia empfand es als das Betreten in eine andere Welt. Es roch ein klein wenig nach Möbelpolitur in dem gemütlichen Wohnraum, der mit den typischen alten Ornamentfliesen ausgelegt war. Eine Treppe mit gedrechseltem Holzgeländer führte auch hier in das obere Stockwerk. Nur war alles ungleich größer als in dem Nebenhaus bei Judith.

Mia ging hinter den beiden her in den Küchenbereich. Ein aromatisch-süßlicher Duft erreichte ihre Nase.

»Ich koche gerade Marmelade«, erklärte die Hausherrin. Ein riesiger Einkochtopf stand auf dem antiken Herd, dort blubberten mehrere Gläser in kochendem Wasser ihrer Vollendung entgegen.

Mia dachte an ihre Oma. Das war ja Marmeladenherstellung der ganz alten Art!

»Welche gibt es?«, fragte Judith und drehte sich um. Ehe Frau Behrens antworten konnte, sah sie es schon. »Oh, Rhabarber!«

»Du bekommst natürlich wieder ein paar Gläschen.« Die alte kleine Dame tätschelte Judith vertraut am Oberarm und die strahlte. »Supi!«

»Nehmt Platz, ich hole uns einen Kaffee.«

»Danke, nein, Rose«, wiegelte Judith ab, »wir haben gerade drüben Kaffee getrunken. Wir kommen eigentlich wegen eurer zu vermietenden Wohnung. Ist sie noch frei? Mia interessiert sich dafür.«

»Oh, da seid ihr ein wenig spät. Nachher kommt ein junges Paar, das sich die Räumlichkeiten ansehen möchte.«

Judith sah Mias zwiespältige Gefühle. Auf der einen Seite war sie dankbar, dass ihr die Entscheidung abgenommen war, ungeachtet dessen blieb die Not, im Prinzip in Kürze obdachlos zu sein.

»Darf Mia sie trotzdem sehen?«

»Natürlich.«

»Wartet noch fünf Minuten, bis die Gläser fertig eingekocht sind.«

»Wo ist Rabea?« Judith sah sich suchend um.

»Die harkt ein paar Beete. Ich hab sie rausgehetzt, damit sie mal von der Kiste wegkommt.«

Die alte Dame zeigte mit dem Finger in eine Ecke der Wohndiele, wo zu Mias größtem Erstaunen ein Computer stand. Zwar einer der älteren Generation, aber es war tatsächlich ein Computer!

»Dann stürzen wir mal eben raus.« Judith griente und zog Mia durch die geöffneten Flügeltüren in einen großen Garten mit knorrigen blühenden Obstbäumen. Allein drei bunte Vogelhäuschen sah sie auf Anhieb an den zahlreichen Baumstämmen, die auch Mieter gefunden hatten. Kohl- und Blaumeisen flogen geschäftig in die winzigen Löcher. Mia schmunzelte in sich hinein. Dass ein Vögelchen den Körper so anmutig durch ein derart kleines Loch zwängen konnte … tolle Natur! Und auch hier duftete es wieder herrlich nach Tausenden von Blüten.

Im hinteren Teil des Gartens sah sie eine Leiter an einem Baum stehen, und Hosenbeine entdeckte sie auch, die zwischen den rosa-weißen Apfelblüten steckten.

»Hallo, Rabea«, rief Judith vergnügt.

Die Hosenbeine kamen bedächtig langsam von der Leiter und der Rest entpuppte sich als grauhaarige Seniorin, die der Dame im Haus sehr ähnlich sah. Auch hier waren die dunklen Augen ein echter Hingucker. Judith wurde zuerst mit einer liebevollen Umarmung begrüßt, danach Mia ganz unkompliziert ebenfalls. Diese ungezwungene Herzlichkeit überraschte Mia völlig. Sie fühlte sich augenblicklich wohl.

»Ich dachte, du harkst die Beete, hat Rose gesagt.«

Rabea warf einen Blick zum Haus und sagte dann leise: »Hab keine Lust zu harken! Sie konnte mich halt nicht am Computer sitzen sehen. Aber ich habe entdeckt, dass ein Vogelhäuschen schief hing. Das musste ich geraderücken.«

Sie plauschten kurz und gingen dann zurück ins Haus.

Mia setzte sich auf ein altes Sofa mit hoher Lehne und sah nochmals aus der breiten Flügeltür hinaus in den Garten. Traumhaft, anders konnte sie das

Blütenmeer nicht bezeichnen. Und wenn im Laufe des Jahres die Früchte wuchsen, war das sicherlich auch ein fotogenes Bild. Vor ihrem geistigen Auge erschienen rotviolette, dicke Süßkirschen und pralle, aromatische Äpfel, sie hatte den Duft in der Nase.

»Hey hallo! Wohin bist du denn abgetaucht? Komm schon! Rose wartet.« Judiths ungeduldige Worte beendeten ihre Gedankenreise.

»Sorry.« Sie stand auf und folgte Judith und Frau Behrens durch die Terrassentür hinaus. In der Hand mit vielen Altersflecken trug die kleine Dame einen altmodischen schwarzen Schlüssel.

»Wissen Sie«, begann Frau Behrens, »ich werde in Kürze sechsundachtzig, da geht nichts mehr so schnell. Aber ich finde mich immer noch ziemlich rüstig.«

Wo wollten sie denn eigentlich hin? Es ging doch um eine Wohnung, dachte Mia, als sie um die Ecke des Hauses bogen. Und dann sah sie es – ein Nebengebäude, ähnlich dem, das Judith bewohnte.

Schon waren sie an einer stabilen Holztür angekommen. Frau Behrens steckte den alten Eisen-Schlüssel mit den Schnörkel-Elementen in das große Schlüsselloch.

Als sich die Tür öffnete, stockte Mia der Atem. Fast ehrfurchtsvoll trat sie ein. Ihr präsentierte sich ein gemütlicher Wohnraum in Kombination mit Küche. Auch hier gab es einen alten, aber gepflegten Fliesenboden.

Judith hatte recht gehabt, die Gegebenheiten waren ähnlich. Als sie die Treppen hinaufgingen, bekam Mia Herzklopfen. Ein veraltetes hässliches Bad wäre ein No-Go. Gab es wohl noch ein Standklo mit einem Spülkasten an der Decke, von dem eine lange

Kette mit Porzellanknauf baumelte, und an dem man ziehen musste?

Aber was sah sie? Ein modernes Bad mit ebenerdiger Dusche und zwei Waschbecken! Sie blinzelte, als wäre dies eine Fata Morgana.

»Gefällt Ihnen das Bad nicht?« Die kleine Frau Behrens sah sie mit großen Augen an. »Wissen Sie, wir haben im letzten Jahr alle Leitungen modernisieren und in diesem Zuge auch ein vernünftiges Bad einbauen lassen. Wir haben keine Zeit mehr, etwas aufzuschieben. Jetzt haben wir noch die Energie, Umbau- und Renovierungsarbeiten durchzustehen. In unserem Alter gehen die Kräfte schnell zur Neige.« Sie wiegte den Kopf gedankenvoll hin und her. »Ach, eigentlich hat sich unser Leben nur geringfügig verändert, es geht eben alles langsamer. Aber wir sind noch zu zweit. Das ist ein Gottesgeschenk, für das wir jeden Tag dankbar sind.«

»Das stimmt. Gesundheit ist ein großes Glück. Wir haben das täglich mahnend vor Augen, nicht wahr, Judith?« Mia vergewisserte sich bei ihrer Kollegin, die zustimmend nickte.

»Und das Bad«, ergänzte Mia, »finde ich wirklich sehr, sehr schön.«

Die alte Dame strahlte. Sie verließen das Badezimmer, besichtigten zwei weitere Räume und fanden sich dann unten wieder.

Frau Behrens öffnete die Tür zum Garten. Im gleichen Augenblick wusste Mia, hier wollte sie wohnen, denn sie blickte auf eine Sitzecke im Grünen, die von der Straße aus vor neugierigen Blicken geschützt war. Vor ihrem geistigen Auge erschien sofort ein lebhaftes Bild. Sie sah sich selbst gemütlich in Kissen eingesunken sitzen und in einem

Buch schmökern.

»Reiß dich mal los.« Judith grinste.

Mia lachte auf. »Mich hat halt gerade die Terrasse total fasziniert, ich habe ja jetzt noch nicht mal einen Balkon.«

Neugierig spähte sie in den Garten des Nachbarhauses. Sie hörte nur Naturgeräusche – das Zwitschern von Vögeln und Summen von Bienchen. Es war schlichtweg idyllisch. Oha, gab es das denn? Hier wollte sie leben!

»Gefällt Ihnen das Häuschen? Oder ist es so gar nicht nach Ihrem Geschmack?« Frau Behrens sah sie prüfend an.

»Es ist zauberhaft.« Mia ließ ihre Augen schweifen. »Ich hätte nie gedacht ... gleich ein ganzes Haus ... aber was kostet das denn überhaupt?«

Als Mia den Mietpreis hörte, wurde ihr schwindelig. Diese Summe zahlte sie für ihre Wohnung in der Stadt, die allerdings nur ein Drittel der Wohnfläche hatte! Und ihr war klar, dass die Interessenten, die vor ihr die Besichtigung angemeldet hatten, dieses Schätzchen nehmen würden, deshalb sagte sie nichts.

Als die alte Dame die Wohnungstür wieder hinter ihnen schloss, schaute Mia nochmals sehnsüchtig zurück.

Erneut in Judiths Reich, saßen die beiden jungen Frauen noch eine ganze Weile im Wohnzimmer.

»Es ist schade«, meinte Judith, »dass du nicht eher rausgekommen bist.«

Mia bedauerte dies zutiefst.

Judith tröstete. »Vielleicht wollen die Interessenten die Wohnung ja gar nicht.«

»Wer die nicht will, der ist so blöd, dass ihn die Schweine beißen«, kommentierte Mia trocken.

Fast wehmütig fuhr sie später wieder Richtung Stadt.

Kaum war ihre Kollegin um die Ecke verschwunden, schnappte sich Judith eine Flasche Eierlikör und schoss über die Straße zu den Behrens.

»Hey Rose, Rabea, ich denke, wir haben was zu feiern!«

♥ 4 ♥

Während die Likörgläschen beim Anstoßen leise klangen, fragte Frau Behrens: »Hat deine Kollegin wohl angebissen?«

»Dafür verwette ich meinen Jahresvorrat Schokolade.« Judith grinste schelmisch. »Aber wir müssen das jetzt durchziehen, erfahren darf sie es erst übermorgen.«

»Ist ja nicht nett, dass wir sie ein bisschen beschummelt haben.« In den Augen von Rose spiegelte sich das schlechte Gewissen.

»Ach was«, winkte Judith ab, »wir haben nur anklingen lassen, dass die Räumlichkeiten begehrt sind und somit die Entscheidung vielleicht ein wenig forciert. Wohlgemerkt zu ihrem Glück.«

Rabea kippte den Eierlikör in einem hinunter und hielt ihrer jungen Nachbarin das Gläschen noch einmal hin. »Heute brauche ich einen Zweiten.«

»Ich eindeutig ebenfalls.« Schon hatte Rose ihren Likör getrunken und mit der Zunge das Glas ausgeschleckt. »Sonst hat Rabea einen sitzen und nervt ständig. Sie hört dann nämlich gar nicht mehr auf zu gackern.«

»Warum sagst du das?«, entrüstete sich Rabea, »du findest nach ausschweifendem Genuss von Alkohol schließlich auch alles lustig.«

»Ich weiß«, ärgerte Judith sie vergnüglich, »ihr

zwei seid dann wie die beiden plattfüßigen englischen Gänseladys Amalie und Abigail aus den Aristocats.«

»Du freches Mädchen! Zur Strafe bekommst du kein Schlückchen mehr!«, schimpfte Rabea und riss ihr die Flasche aus der Hand.

Alle drei lachten los, die erneut gefüllten Gläser erklangen ein weiteres Mal und die Stimmung wurde ausgelassen.

Auf dem Heimweg kreiselten Mias Gedanken nur um den außergewöhnlichen Wohntraum. Ein eigenes kleines Häuschen zu einem annehmbaren Preis, der schon längst ihrer hätte sein können! Sie jedoch hatte sich wochenlang mit dreisten, eingebildeten Immobilienmaklern sowie unverschämten Vermietern rumgeschlagen und dabei überteuerte und dreckige Buden besichtigt. Die Makler hätten zudem eine horrende Provision kassiert.

Wie kam sie eigentlich auf die Idee, die Bäder in solchen Häusern seien vorsintflutlich? Warum hatte sie geglaubt, eine Wohnung muss zwingend nahe am Arbeitsplatz sein? Die Fahrt hinaus aufs Land war durchaus abwechslungsreich und an der Elbe entlang sowieso der Knaller! Wer hatte schon täglich einen derartig attraktiven Blick beim Fahren! Lebensqualität war doch auch ein Kriterium. Was bedeutete da schon ein bisschen mehr Spritgeld. Und der Steuerhinweis von Judith griff ebenfalls. Sie konnte die Fahrtkosten absetzen.

Ganz einfach hätte sie dieses wundervolle Refugium haben können. Nun musste sie warten, bis sich jemand dagegen entschied. Ein Pärchen kam zur Besichtigung. Welches Paar würde hier Nein sagen, es war ja sogar ein geräumiges Kinderzimmer mit dabei. Am liebsten hätte sie wegen ihrer eigenen Dummheit ins Lenkrad gebissen!

Dementsprechend war ihre Nacht. Sie wälzte sich hin und her, ständig geisterte das kleine, aber feine Haus vor ihr her.
In Gedanken saß sie an einem herrlichen Sommertag auf der gemütlichen Terrasse mitten im Grünen, den Blick auf die Obstbäume und über die sich verändernde Feldlandschaft zu allen Jahreszeiten gerichtet.
Warum nur hatte sie nicht auf Judith gehört? Sie hätte losheulen können.

Der kommende Morgen hatte erst einmal eine andere Überraschung parat. Sie stand bereits im Fahrstuhl, hatte ihre Station gedrückt, und die Türen schlossen sich langsam, als sie von Männerhänden aufgehalten wurden.
»Nehmen Sie mich noch mit?« Mit einem großen kräftigen Schritt trat Dr. Olaf Münstermann ein.
»Gerne.« Mensch, sah der gut aus am frühen Morgen, fand Mia. Und er trug einen intensiven, aber angenehm herben Männerduft.
»Sagten Sie nicht, Sie kennen diese nette Bar in der Kantstraße gut, Schwester Mia?«, begann Dr. Münstermann das Gespräch.
»Ja, ich bin dort des Öfteren, man kann ...«
Er ließ sie gar nicht ausreden, denn der Fahrstuhl hielt bereits auf seiner Station.
»Was halten Sie davon, wenn Sie mir die am Freitagabend zeigen würden?«
»Also, ich ...«

»Gegen acht, wir treffen uns davor?« Er kam ihr mit dem Oberkörper ein bisschen näher. Sein Lächeln war mörderisch anregend – und seine Augen stahlblau.

»Das würde passen«, hörte sich Mia hauchen.

»Prima.« Schon öffnete sich der Aufzug und Dr. Münstermann war genauso schnell, wie er hineingesprungen war, wieder heraus.

Während der Fahrstuhl erneut anfuhr, lehnte sich Mia gegen die Edelstahlwand. Was war das denn jetzt? Ein Traum? Hatte sie Dr. Münstermann gerade eingeladen? Sie, die kleine Schwester von Station 5?

Vor Glück legte sie eine Hand auf ihr Herz.

»Hey, Mia, halt den Aufzug fest! Wir müssen zur Intensiv«, rief Ringo ihr aus dem Flur zu, als sie aus dem Fahrstuhl trat. Er und ein Kollege schoben in aller Eile ein Patientenbett heran. Mia reagierte routiniert und stellte sich in die Lichtschranke.

»Infarkt?«, fragte Mia mit einem bedauernden Blick auf den alten bewusstlosen Herrn. Ringo nickte nur. Die beiden Pfleger hoben dankend die Hand, als sich der Aufzug schloss. Ein paar Sekunden gerettet, dachte Mia und hoffte, die würden dem alten Mann das Leben erhalten.

Was würde Judith sagen, wenn sie ihr von der Einladung Dr. Münstermanns erzählte? Dieser attraktive Kerl hatte sogar die Gedanken an die begehrte Wohnung verdrängt!

Leider kamen sie nicht dazu, auch nur einen Quietscher privat zu sprechen, denn der Stationswahnsinn hatte sie den ganzen Morgen perfekt gepackt. Eine Kollegin war krank, die Arbeit wurde umverteilt, war aber trotzdem kaum zu schaffen, und so eilten sie von Zimmer zu Zimmer. Und wie es bei Murphys Gesetz typisch ist, liefen an diesem Tag routinierte Abläufe obendrein nicht rund.

»Ich hab dir was zu erzählen«, warf Mia Judith nur kurz zu.

»Ich dir auch.« Judiths Augen glänzten.

Zum Schichtende von Judith spurteten beide hungrig in die Kantine. Eine Kollegin übernahm die kurze Auszeit für Mia. Da Judith sich diesmal für ein anderes Gericht als ihre Kollegin entschied, war sie schon vor ihr Richtung Tisch unterwegs.

Da kam Mia jemandem von hinten sehr nahe. Es war Dr. Münstermann. Sie strahlte ihn an. Da raunte er ihr zu: »Schwester Mia, nochmals zu heute früh. Ich bitte Sie, mit niemandem über unser kleines Treffen am Freitagabend zu sprechen.«

Ihr Lächeln erstarb, doch ehe sie antworten konnte, meinte er, ihr zuzwinkernd: »Jedenfalls erst einmal nicht.« Dann drehte er ab und grüßte laut einen Kollegen, mit dem er gemeinsam die Kantine verließ.

Mia fühlte sich wie kalt abgeduscht, aber sie fing sich auf dem kurzen Weg zum Tisch. Es war okay, sie wollten schließlich nicht gleich für Aufruhr und Klatsch sorgen!

»Mensch, ich habe einen Hunger!«, geschäftig schnitt Judith an ihrem Schnitzel herum. »Hast du schon gehört, bei Professor Winter wird eine Stelle frei. Ich habe es zwitschern hören, dass in Kürze die innerbetriebliche Ausschreibung kommt.«

Mia sah sie entsetzt an. »Du willst dich nicht

ernsthaft darauf bewerben, oder?«

»Ich spiele mit dem Gedanken. Professor Winter ist total nett.«

»Unser Chef aber doch auch!«

»Schon, bloß der Winter ...«

»Und unsere Zusammenarbeit? Mensch, Judith, wir sind ein eingespieltes Team! Ich glaube, jetzt habe ich keinen Hunger mehr«, schmollte Mia. Aber sie wusste auch, dass Judith für diesen Professor schwärmte.

»Die Ausschreibung ist ja noch nicht raus.« Und um abzulenken, fragte Judith: »Du wolltest mir doch auch etwas erzählen.«

Mia schluckte. Zu blöd, dass sie soeben einen Maulkorb bekommen hatte! Deshalb drehte sie die Kurve zum Alten Land. »Erzählen ist vielleicht ein bisschen zu viel gesagt, ich wollte fragen, ob das junge Paar die Wohnung genommen hat.«

»Das weiß ich gar nicht.« Judith nahm einen Bissen Kartoffelpüree und tat unbeteiligt. »Ich habe auch nicht bei Frau Behrens nachgefragt, weil es aufgrund der Entfernung eigentlich sowieso nicht für dich in Frage kommt.«

Mia stutzte und verlor die Farbe. »Das stimmt doch so gar nicht!«

Jetzt sah Judith sie ernst an. »Wie meinst du das denn? Du hast stets gesagt, du willst nie aufs Land ziehen, du seist eine Stadtpflanze. Und von den Spritkosten hast du mir auch was vorgeheult.«

»Die Wohnung ist supertoll und ich hätte sie direkt genommen!«

»Das hast du aber keineswegs zum Ausdruck gebracht. Du hast nämlich *gar nichts* gesagt!«

Mia überfiel eine leichte Übelkeit. Sie fand die

Räumlichkeiten wunderbar, jedoch hatte sie tatsächlich nicht verlauten lassen, dass sie das Häuschen vom Fleck weg mieten würde.

»Mia, du Schaf! Hättest du den Damen Behrens kundgetan, ich nehme sie sofort ohne Wenn und Aber, dann hätten sie den Interessenten bestimmt abgesagt. Du bist schließlich eine Empfehlung von mir, die anderen sind Fremde.«

»Oh Scheiße!« Mia kämpfte mit den Tränen.

»Iss auf!«, meinte Judith ungerührt. »Ich gehe heute Abend direkt rüber und frage nach, was es gegeben hat.«

»Das würdest du tun? Danke.« Den Rest ihres Essens würgte Mia nur noch runter.

Beim Verlassen der Kantine begegneten sie Dr. Münstermann und zwei weiteren Ärzten auf dem Flur. Mia glaubte zu bemerken, dass auch er sie gesehen hatte. Doch er tat, als wäre er völlig im Gespräch mit den Kollegen versunken.

Mia und Judith grüßten wie immer, aber die Drei gingen grußlos an ihnen vorbei. Der intensive Duft von Dr. Münstermanns Parfüm begleitete sie noch eine Weile.

»Puh«, schnüffelte Judith und wedelte mit der Hand, »der zieht vielleicht eine Wolke hinter sich her. Manchmal ist weniger mehr, und das ist doch ein Kerl! Ich versteh‘s nicht.«

»Ich finde den Duft eigentlich ganz angenehm«, verteidigte Mia ihre Freitagabend-Verabredung vorsichtig.

»Dann saus mal schnell zurück auf Station, ich freue mich, jetzt Feierabend zu haben. Die Heimfahrt ist auch immer ein bisschen wie Runterkommen«, sagte Judith zu Mia und verabschiedete sich.

»Das glaube ich gerne, ist schließlich eine schöne Gegend, durch die man fährt. Bis morgen dann.«

»Bis morgen, tschüss.«

Bevor Judith in ihr Häuschen ging, schellte sie bei Behrens an.

»Gute Nachrichten, Ihr Lieben. Wir haben die Mia weichgekocht, und morgen erlösen wir die arme Socke.«

»Dann haben wir eine neue Mieterin?«

»Aber so was von!«

♥ 5 ♥

Zuhause knabberte Mia an zwei Dingen. Das begehrenswerte Häuschen und die aufregende Einladung von Dr. Münstermann ließen sie nicht los. Vielleicht konnte sie ihm am Freitag schon von ihrem Umzug berichten, ihr neues Zuhause wäre schließlich repräsentativ.
Ihre Wünsche schraubten sich in schwindelnde Höhen. Sie bekam den Zuschlag, sie datete Olaf Münstermann. Dann wäre das Glück ihr endlich hold.

Am kommenden Morgen beackerten Judith und sie die Krankenakten im Schwesternzimmer. Mia wartete darauf, dass ihre Kollegin etwas zum Thema Altes Land sagte – tat sie jedoch nicht.

Judith bemerkte natürlich die Nervosität von Mia, aber ließ sie noch ein wenig zappeln. Dann zog sie einen Zettel aus der Kitteltasche.

»Du, hier ist die Nummer von Frau Behrens. Du sollst sie mal anrufen.«

»Sag nicht, die Wohnung ist noch zu haben«, hauchte Mia aufgeregt.

»Ich denke. Ruf sie einfach mal an.«

Mia hatte die Hand schon am Handy, als der Chef um die Ecke schaute. »Ich brauche mal schnell die Unterlagen von Frau Autonek, den Herren Meister und Fasch.«

Nun blieb der Chef auch ausgerechnet noch im Zimmer stehen und studierte die einzelnen Blätter – Mensch, was dauerte es lange! Sie linste auf die Uhr. Er müsste schon längst Richtung Ambulanz unterwegs sein! Endlich ging er, mit gefühlt stundenlanger Verspätung. Mia hatte das Gefühl, sie hätte in der Zwischenzeit auf glühenden Kohlen gehockt.

Endlich war die Luft rein. Mit zittrigen Fingern wählte sie die Rufnummer der alten Damen. Ihr Herz raste. Kurz danach sprang sie wie ein Flummi auf der Stelle.

»Das ist krass! Oh Judith! Heute Abend kann ich den Mietvertrag unterschreiben, wenn ich möchte! Und wie ich möchte«, quietschte Mia. »Wir zwei werden Nachbarn!«

Judith umarmte ihre glückliche Kollegin herzlich. »Na dann, Glückwunsch! Du kriegst ja noch ein paar andere Nachbarn mitgeliefert.«

»Wie meinst du das denn?«

»Ich hab dir vorab schon erzählt, unsere Straße ist eine eingeschworene Gemeinschaft. Und manchmal feiern wir auch zusammen.«

»Ehrlich, das ist nicht so mein Ding. Ich muss da doch nicht mitmachen?«

»Dann wirst du die Wohnung nicht bekommen.«

»Was?«, schrie Mia los.

Judith kicherte. »Scherz! Aber du wirst dich dem nicht entziehen können.« Und da es in diesen Augenblicken ungewöhnlich ruhig auf der Station war, nutzte sie die Zeit und weihte Mia schon einmal in die Geheimnisse der Nachbarschaft ein.

»Die beiden Häuser am Anfang der Straße bewohnen zwei junge Familien. Sie haben jeweils ein

Kind. Die sind mehr für sich. Das Haus rechts schräg gegenüber – also von den Damen Behrens aus gesehen – gehört dem alten wohlbeleibten Herrn Magnus von Brummer, er bewohnt es allein. Er ist ein Kommissar a. D., seine Frau starb vor einem Jahr. Er lehnt eine Vermietung ab, fremde Menschen würden ihn stören. Dabei ist er das Tratschtantchen der ganzen Straße. Wenn jemand vollumfänglich informiert ist, ist das Herr von Brummer. Scheint wohl immer noch berufsbedingt zu sein. Seit Kurzem lebt auch meine Vermieterin, Frau Wittig, übrigens pensionierte Musiklehrerin, allein. Seit drei Monaten ist sie Witwe. Sie spielt jetzt wieder öfter Klavier. Das schallt natürlich zu mir herüber. Aber ich finde das klasse. Das Haus Nummer 8 wurde vor anderthalb Jahren von einem deutsch-niederländisches Ehepaar gekauft. Außerdem gibt es noch das Heim von Herrn und Frau Schlunzheimer. Hier ist der Name«, Judith kicherte, »gar kein Programm, weil die penibel jedes Blättchen sofort wegkehren, alle ihre Pflanzen in Reih und Glied stehen und Staubkörnchen Hausverbot haben.«

»Das passt doch zu uns, sie sind klinisch rein«, kommentierte Mia trocken.

Beide lachten los.

Mia fieberte dem Feierabend entgegen. Zuhause zog sie sich schnell um und ging am Blumengeschäft an der Ecke vorbei, um ein kleines Frühlings-Sträußchen für die Damen Behrens mitzunehmen. Sie saß bereits im Auto, da fiel ihr ein, dass sie schließlich den Garten gesehen hatte. Dort hatten sie rundherum die Frühlingsblüher angelacht.

Na super! Das nennt man zielsicher daneben.

So stieg sie nochmals aus, brachte die Blümchen in ihre Wohnung und stellte sie in eine Vase. Sie warf einen Blick in ihren Vorratsschrank. Dort bunkerte noch eine Schachtel Pralinen mit Obstbrandfüllung. Haltbarkeitsdatum? Okay. Schnell schnürte sie ein Geschenkbändchen darum, und dann war sie auch schon wieder auf dem Weg.

Mit unbändiger Freude fuhr sie raus ins Alte Land. Das würde also ihr zukünftiger Arbeitsweg. Das Wetter war herrlich sonnig und sie ließ die Scheibe hinunter.
Es duftet nach Glück, empfand sie lächelnd und sog tief die angenehme Frühlingsluft ein.
Rose Behrens erwartete sie schon. Zusammen gingen sie hinüber zum Nebenhaus.
»Ich kann es noch gar nicht glauben, dass ich es bekomme!« In Mias Gesicht stand Begeisterung pur geschrieben, als die alte Dame die Tür aufschloss. Andächtig fuhr sie mit der Hand über den Türrahmen.
In diesem Augenblick schoss Judith um die Ecke. »Man muss auch mal sein Herz sprechen lassen!« Die beiden Mädchen quietschen vor Freude los. Judith trug eine gelbe Flasche unter dem Arm.
»Was ist das?« Mia beäugte neugierig das Mitbringsel.
»Eierlikör. Für gleich zum Feiern.«
»Ich muss doch fahren!«
»Nippen darfst und musst du. Aufnahmeritual, sozusagen. Das ist übrigens hier das Nationalgetränk bei uns in der Straße. Da kannst du dich schon mal mit vertraut machen.«
An was ich mich hier alles gewöhnen soll, schoss

es Mia durch den Kopf. Aber momentan lag ihr Fokus nur auf dem kleinen Häuschen. Der Rest war ihr herzlich egal.

Freudestrahlend betrat sie das Haus, lief von einer Ecke in die andere und fuchtelte mit dem Zeigefinger durch die Gegend. »In meine kleine Stadtwohnung passte kein Esstisch, ich hab immer auf der Couch gegessen, den kauf ich jetzt und packe ihn *hier* hin! Und *da* kommt meine große Kommode hin, *dort drüben* die schmalere!«

Frau Behrens und Judith warfen sich amüsierte Blicke zu.

Fast ehrfurchtsvoll öffnete Mia die Terrassentür und blickte hinaus. »Und hier, hier mache ich mir eine Lese-Ecke. Mit ganz vielen Kissen und Decken zum Einkuscheln, einen Mini-Tisch, um Tee und Kaffee abzustellen, und Gebäck! Dann lese ich stundenlang, ich bin nämlich eine Leseratte, müssen Sie wissen, Frau Behrens. Und wenn ich keine Lust zum Lesen habe, dann schaue ich einfach in ihren Garten und genieße die Jahreszeiten.«

»Hört, hört«, kam es ironisch von Judith. »Du kannst doch von hier aus gar kein Shopping-Center sehen, was dein Herz höherschlagen lässt.«

Mia knuffte ihre Kollegin. »Wie gemein! Ich bin total glücklich! Wenn mir ein Shopping-Center fehlt, fahre ich eben Richtung Stadt. Auch null Problem. So, wo soll ich unterschreiben?« Sie sah Frau Behrens erwartungsfroh an und wippte mit den Füßen.

»Gehen wir hinüber. Meine Schwester wartet sicher schon«, gab Frau Behrens den Takt vor, indem sie sich Richtung Tür wandte.

Eine Viertelstunde später unterschrieb Mia glücklich und mit leicht zitternder Hand den Mietvertrag. Dann schob sie ihn den Schwestern Behrens zur Unterschrift hin. Die beiden unterzeichneten. Die Schrift von Rabea Behrens konnte sie nicht lesen, aber die von Rose war mit Schönschrift geschrieben.

Judith füllte die kleinen Likörgläschen, und Mia überreichte ihren neuen Vermieterinnen zuerst die Obstbrand-Pralinchen, über die sie sich aufrichtig freuten.

»Alles mit Alkohol mögen wir gern«, Rabea Behrens schaute verschmitzt. »Es konserviert uns sozusagen. War bei den alten Seefahrern schon das bevorzugte Verfahren.«

»Da verwechselst du was, Rabea, das war Fisch. Und der wurde mit Salz konserviert«, belehrte sie ihre Schwester. »Das liegt nur daran, dass du ständig im Internet *söörwst.*«

Mia und Judith warfen sich einen amüsierten Blick zu.

»Lass mich doch«, wehrte sich Rabea Behrens, »viele schöne Dinge hätten wir nicht, wenn ich da nicht so oft unterwegs wäre.«

»Na, für mich ist das gar nichts. Ich halte mehr vom richtigen Leben. Prost!« Rose hob das Glas. Sie stießen gemeinsam an. »Ich bin Rose«, machte Frau Behrens den Anfang.

»Und ich die Rabea. Ich bin übrigens die Ältere. Genau zwei Jahre und drei Tage.«

Freudig reagierte Mia direkt. »Und ich bin die Mia. Wann kann ich denn einziehen?« Sie war voller Tatendrang.

»Eigentlich sofort.« Frau Behrens schob ihr eine

Ausfertigung des Mietvertrages rüber, auf den sie den alten Eisenschlüssel legte. Selig umschloss ihn Mia ganz fest.

Nun gab es ein Gläschen des angekündigten Eierlikörs, an dem Mia aber nur nippte. Die Vier plauderten noch ein bisschen, dann wollte sich Mia auf den Heimweg machen. Judith und ihre neuen Vermieterinnen brachten sie hinaus. Im Garten gegenüber stand ein beleibter Herr, der eine Clematis beschnitt.

»Ah, guten Tag, die Damen!« Er winkte mit der Gartenschere.

Frau Behrens drehte sich zu den beiden Mädels und meinte leise: »Da hat unser Magnus ein weiteres Mal gerochen, dass sich hier etwas ändert.«

»Sehe ich da etwa die neue Mieterin, Rose?« Er öffnete die Gartentür und kam über die Straße. Interessiert musterte er Mia mit wachen Augen und reichte ihr freundlich die Hand. »Mein Name ist von Brummer, Magnus von Brummer, Kommissar im Ruhestand. Wie schön, dass wieder junges Leben ins Haus einzieht.«

Es gab eine kurze Unterhaltung, in welcher Herr von Brummer Mia zielsicher ausfragte und sich mit einem Satz verabschiedete, der Mias Kinnlade herunterklappen ließ.

»Wunderbar! Noch eine Krankenschwester! Da brauchen wir in Zukunft keine Sorge mehr haben. Wir sind bestens medizinisch versorgt! Wenn sie eingezogen sind, hätten wir Nachbarn alle gerne ihre Handy-Nummer. Natürlich nur für Notfälle!«

♥ 6 ♥

Mia hatte gerade ihr Auto erreicht, als ein Wagen in die Straße einbog. Von Brummer hielt ihn an. Das Fenster wurde heruntergelassen und heraus schaute ein Bild von einem Mann. Verzögert glitt Mia in ihren Fahrersitz, um jeden Fetzen des Gespräches mitzubekommen.

»Hey Jungs«, von Brummer strahlte, »stellt euch vor, Rose und Rabea haben wieder vermietet! Eine süße Krankenschwester. Somit ist unsere medizinische Grundversorgung gesichert.«

Mia schloss die Tür und startete. Dann warf sie noch einen Blick in den wieder anfahrenden Wagen. Der Beifahrer sah genauso attraktiv aus! Im Rückspiegel sah sie, wie die beiden Männer in eine nahegelegene Einfahrt fuhren.

Oh yeah, freute sie sich, mit diesem Umzug habe ich wohl die Glückskarte gegriffelt! Olaf Münstermann ist tatsächlich nicht allein auf dieser Welt.

Mit freudigen Gedanken an ihr Häuschen fuhr Mia am Morgen in die Klinik. Ringo war ihr erstes Opfer. Sie sprudelte sofort los.

»Dann ziehst du jetzt endlich um? Mensch, das ist aber eine knappe Kiste gewesen!«

»Schwein gehabt.«

»Wie machst du den Umzug? Mit einem Unternehmen oder allein mit Sprinter und so?« Ringo war sichtlich interessiert.

»Ich organisier das heute oder morgen. Ich hab die Wohnung ja erst seit gestern.«

»Sag mir Bescheid, ich helfe dir.«

»Oh danke, ich schau mal, wie ich das gebacken bekomme.« Sie mochte Ringo sehr, aber sie hatte Olaf im Kopf. Wenn das jetzt Freitag was würde, dann wäre *er* sicherlich der Umzugshelfer. Und mit ihrem neuen Reich könnte sie richtig angeben!

Am Freitagmorgen kam Dr. Münstermann auf ihre Station. Er hatte zielsicher einige der wenigen Momente erwischt, wo Mia allein im Schwesternzimmer war.

Schnell fasste er ihre Hand und zog sie zu dem nicht einsehbaren Bereich. »Hallo, süße Schwester Mia.« Sein Lächeln war entwaffnend. »Bleibt es bei heute Abend?«

Wie immer wartete er die Antwort gar nicht ab. »Ich würde trotzdem vorschlagen, wir treffen uns in der Bar, nicht davor. Kann ich noch Ihre Handy-Nummer haben, für alle Fälle?«

Er fingerte sein Smartphone aus der Tasche. Völlig überrumpelt gab Mia ihm die Nummer, dann hörten sie schon Schritte und mit einem fröhlichen Gruß zu Judith, die gerade ins Zimmer kam, verschwand er so schnell, wie er gekommen war.

Judith sah ihm irritiert hinterher. »Was wollte denn der Münstermann hier?«

Aber weil just in diesem Augenblick gleich zwei Patienten Hilfe benötigten, stürzte Mia los, murmelte etwas von *fachübergreifender Zusammenarbeit* und hoffte, Judith habe den Vorfall später vergessen. Sie hätte auch keine wirklich brauchbare andere Ausrede gefunden.

Mia sehnte das Schichtende herbei. Um gar nicht erst auf ihre Weekend-Aktivitäten angesprochen zu werden, sagte sie vorbeugend zu Judith: »Ich werde mich um den Umzug kümmern, damit er schnellstens über die Bühne geht. Vielleicht kann ich kurzfristig nächste Woche Urlaub haben?«

»Na klar! Dann ist Antje auch wieder da. Einräumen helfe ich dir aber gerne, wenn ich von der Schicht komme.«

»Danke«, freute sich Mia, »das ist total lieb von dir.« Aber vor ihrem geistigen Auge sah sie Olaf Münstermann, der mit ihr das neue Reich einrichtete. Dann schalt sie sich selbst. Dumme Nuss, Mia, du hast heute das erste Date mit ihm. Wer weiß, was da passiert!

Bis auf das letzte Haar gestylt fuhr Mia aufgeregt zur Bar, die am Stadtrand lag. Die Parkplätze waren schon gut belegt, trotzdem bekam sie noch einen nahe einer Laterne. Prima, ein beleuchteter Platz war nachts immer gut, obwohl sie natürlich hoffte, dass er sie zum Auto zurückbrachte.

Sie trat in die Bar und blickte sich suchend um. Mit Erleichterung sah sie ihn bereits an einem Tisch sitzen. Leider war er nicht allein. Wer war der Mann bei ihm? Sie kannte ihn, aber woher? In Windeseile ratterten alle bekannten Gesichter der Klinik durch ihren Kopf, zuordnen konnte sie ihn ad hoc nicht. Vielleicht einer der jungen Assistenzärzte?

Lächelnd ging sie auf die beiden zu.

Olaf Münstermann schien erstaunt. »Na, das ist ja

eine Überraschung! Die hübsche Schwester Mia!«

Ziemlich verunsichert ob dieser unerwarteten, eigentlich verletzenden Begrüßung, blieb Mia vor dem Tisch stehen. Aber schon sprang Dr. Münstermann auf und gab ihr formell die Hand. Der junge Mann verabschiedete sich direkt.

Noch bevor Mia etwas sagen konnte, entschuldigte sich ihre Verabredung bereits. »Kollegen müssen nicht unbedingt mitkriegen, dass wir uns hier treffen wollten. Jedenfalls für den Anfang ...«

»... ist das nicht wünschenswert«, ergänzte Mia, obwohl sie ein ganz klein wenig getroffen war.

Der Abend entwickelte sich, im Gegensatz zur Begrüßung, sehr positiv. Sie lachten viel und Dr. Münstermann zeigte ein Talent: Er konnte gut erzählen.

Schnell waren sie beim Du, dann berichtete er von seinem Studium und der ersten Stelle danach in einem Krankenhaus in Frankfurt. Dort war er mit der Snobismus nicht klargekommen. »Die waren alle so was von verbiestert! Da habe ich mich an verschiedenen anderen Kliniken beworben. Und schließlich bin ich hier gelandet. Ich hatte die Auswahl. Aber wie man sieht«, er legte seine Hand auf ihre, »war dies die richtige Entscheidung.«

Mia lief ein angenehmer Schauer über den Rücken. Er fragte sie aus und hörte mit Freude, dass sie in Kürze außerhalb daheim sein würde.

»Das finde ich total gut. Für mich war es für die Einstellung Bedingung, jedenfalls wollte es Professor Winter so, in der Nähe der Klinik zu wohnen. Aber das lässt sich nach der Probezeit ja ändern.«

Oh, dachte Mia, wenn Professor Winter Wert darauf legt, dass er in der Nähe wohnt, und er nach der

Einarbeitungszeit gleich umzieht, wird sich das Verhältnis zwischen Chef und ihm wohl eher kontraproduktiv entwickeln. Doch das ging sie nichts an, so zwitscherte sie: »Ich habe nächste Woche Urlaub.«

»Ich habe drei Tage frei, was für ein Zufall«, lächelte Olaf.

»Für den Umzug ist fast alles geplant. Ich brauche nur noch ein paar kräftige Arme, die mich unterstützen.« Mia sah ihn erwartungsfroh an.

»Ach herrje, ein Umzugsurlaub!« Er kräuselte die Stirn. »Schade, dass ich nicht helfen kann, aber ich habe meinen Eltern versprochen, sie endlich mal wieder zu besuchen. Ich bin also gar nicht im Lande.«

Enttäuschung beschlich Mia. Die wurde jedoch gleich ein bisschen abgemildert, denn er zwinkerte: »Wenn du möchtest, komme ich danach gerne zu dir, um deine Wohnung zu sehen.«

Kurz hatte sie vor ihrem geistigen Auge, wie seine erste Reaktion auf ihr neues Heim sein könnte. Erstaunen, Begeisterung … und dann ...

Sie wurde gleich aus ihrem Traum geschubst, denn er fragte: »Du, sag mal, kennst du eigentlich Schwester Chrissy näher?«

Sie schluckte. Sie wollte jetzt bestimmt nicht über Chrissy reden! »Wieso?«

»Ich dachte nur, weil Schwestern manchmal befreundet sind, auch wenn sie auf unterschiedlichen Stationen arbeiten.«

Doch Mia gab sich mit der Antwort nicht zufrieden. Ihre Alarmglocken schellten. »Warum kommst du denn gerade auf Chrissy?«

»Ich empfinde sie als anstrengend. Ganz ehrlich

gesagt, klebt sie ein bisschen an mir, um nicht zu sagen, sie ist in mich verliebt.«

Mia traf der Schlag. Natürlich! Chrissy hatte ihr zuerst mit voller Begeisterung von dem neuen Arzt erzählt! Wie gut er aussähe, wie nett er sei! Dann aber war ihr durchaus bewusst, dass er mit ihr hier saß – und nicht mit Chrissy. Deshalb schummelte sie. »Ich kenne sie nur flüchtig.«

»Ah, okay. Es ist immer gut zu wissen, wer welche Connections hat.« Schnell korrigierte er sich. »Ich meine, sie macht ihre Arbeit sonst gut.«

Gegen Mitternacht verließen sie gemeinsam die Bar.

»Meine neue Wohnung ist noch wochenlang eine Baustelle«, meinte Olaf. »Gehen wir zu dir?«

♥ 7 ♥

»Sei mir nicht böse«, lehnte Mia, wenn auch mit innerlichem Bedauern, ab, »aber dafür bin ich kein Typ. Beim ersten Treffen gleich ... nein. Ist nicht mein Ding.«

Er lächelte. »Das ist völlig okay, ich schätze das. Sehen wir uns nach deinem Umzug wieder?«

»Gerne.« Mia war erleichtert.

»Gut, dann telefonieren wir.«

Er brachte sie noch zu ihrem Wagen, gab ihr einen Kuss auf die Wange und wartete, bis sie sicher im Auto saß.

»Wir sehen uns.« Dann war er in der Dunkelheit verschwunden.

Auf der kurzen Fahrt nach Hause sausten zwiespältige Gedanken durch Mias Kopf. War das wohl richtig, ihn nicht mit in ihre Wohnung zu nehmen? Einen Kaffee hätten sie doch noch trinken können. Die Versuchung hatte sie deutlich gespürt. Aber zeitgleich wusste sie, dass es nicht bei einem Tässchen geblieben wäre.

Irgendwie war sein Blick des Öfteren durchdringend und fordernd gewesen. Er hatte viel von ihr wissen wollen, im Gegenzug berichtete er ihr nur berufliche Dinge. Mit Ausnahme davon, dass er seine Eltern in der kommenden Woche besuchte, hatte er nichts Privates preisgegeben.

Einerseits bedauerte sie ihre Ablehnung, andererseits – und das überwog nun deutlich – war ihre Entscheidung richtig.

Am kommenden Tag ging sie zu Ringo.

»Du, steht dein Angebot mit dem Umzug noch? Ich könnte zwei kräftige Hände gebrauchen.«

»Klar doch! Dann informier mich jetzt mal, wann ich wo sein soll.« Er lächelte sie lieb an.

Mia gab ihm alle Details.

»Das passt«, meinte er, »ich teile mir das entsprechend ein.«

»Aber wenn du nicht kannst, dann …«

Er unterbrach sie direkt. »Mach dir mal keine Sorgen! Ich krieg das hin.«

Pünktlich am Umzugsmorgen klingelte er bei ihr.

Mit zwei weiteren guten Bekannten wurde es dann gewuppt. Die Männer trugen die schweren Möbel, wenn man das so nennen konnte. Außer dem Bett und dem mittelgroßen Schlafzimmerschrank gab es nicht viel Unhandliches, denn die Einrichtungsgegenstände für eine Vierzig-Quadratmeter-Wohnung waren begrenzt.

Unangenehm war, dass der Sohn ihrer Vermieterin bereits mit den Hufen scharrte. Er hatte von seiner Mutter erfahren, dass Mia an diesem Tag auszog.

»Es macht Ihnen doch nichts aus«, hatte die Vermieterin geflötet, »wenn mein Sohn am gleichen Tag einzieht? Bis Mittag sind Sie sicherlich fertig, nicht wahr?«

Was sollte Mia schon tun als nicken?

Söhnchen wartete jedoch nicht bis Mittag. Während ihre Umzugshelfer noch Kisten aus dem Haus trugen, wurden Möbelstücke hineingetragen! Auch auf ihre Bitte hin, man möge wenigstens eine Stunde Geduld haben, dann wäre das Gröbste aus der Wohnung raus, wurde abgeschmettert.

»Aber das stört doch nicht! Wir arbeiten einfach gegensätzlich. Ich möchte nicht im Dunklen einziehen.«

Mia hatte nichts mehr gesagt, nur genervt die Augen gerollt, denn es war Frühsommer. Wo war da die Dunkelheit, wenn man gegen Mittag mit dem Einzug in eine kleine Wohnung begann?

Ihre Vermieterin huschte zu allem Überfluss noch zwischendrin wie ein aufgescheuchtes Huhn herum, trug ihrem Sohn einige Kleinteile hinterher und beschönigte sein Verhalten. »Sie müssen wissen, der Junge war schon immer ein Organisationstalent und ein sehr dynamischer Mensch!«

Mia erlaubte sich zu sagen: »Ich finde diese Art und Weise eher rücksichtslos und egoistisch.«

Da war die Dame eingeschnappt und zog sich in ihre eigene Wohnung zurück. Mia verabschiedete sich später von ihr nur mit knappen Worten, so hatte sie sich geärgert.

»Ich hätte der nicht tschüss gesagt«, meinte Ringo genervt, und die anderen Umzugshelfer gaben ihm recht.

»Doch, ich habe nämlich im Gegensatz zu ihrem Sohn eine gute Erziehung genossen.«

»Der ist ja mit dem Hochgeschwindigkeitszug durch die Kinderstube gerast.«

»Siehste, und ich nicht!«

»Okay, verstanden.«

Bei der Ankunft an ihrem Häuschen war alles vergessen und ihre Umzugshelfer sichtlich begeistert. *Mensch, hast du ein Glück – Wow, wie bist du denn da dran gekommen? – Nein, das ist ja der Burner, ein eigenes Haus – Was zahlst du? – Echt? Unglaublich!*

Ringo stand mit bewundernden Augen im Wohnzimmer. »Mensch, Mia, du hast echt das Schnäppchen des Jahrhunderts gemacht!«

Mia beobachtete ihn. Er war in seiner Arbeit ruhig und dabei sehr effektiv. Völlig unaufgeregt räumte er hin und her, und alle Handlungen hatten Hand und Fuß.

Sie bemerkte noch etwas. Muskeln! Sie kannte ihn eigentlich nur in seinem Krankenhaus-Outfit, daher waren ihr die Oberarmmuskeln bisher verborgen geblieben. Oder hatte sie nur nicht richtig hingeschaut? Und die Jeans erst! Er hatte genau das, was sie an einem Mann liebte. Er war nicht zu dünn und nicht zu dick. Griffig, würde sie ihn beschreiben. Dr. Olaf Münstermann war dagegen schmächtig.

Warum nur fiel ihr gerade jetzt dieser Vergleich auf? Ihre Gedanken wanderten zu Olaf. Würde er in diesem Augenblick gemütlich bei seinen Eltern sitzen, bestens essenstechnisch versorgt?

Essen! Ihre Freunde brauchten auch dringend etwas zwischen die Kiemen!

»Ich mache uns mal Kaffee«, rief sie in die Runde. Ein Freund von Ringo hatte die Maschine ausgepackt. »Und ich frage mal eben nach, wo wir uns hier Pizza oder Ähnliches bestellen können.«

Die Antwort kam in Form von fröhlicher Zustimmung.

Mia hatte schon die Klinke ihrer Tür in der Hand,

als Judith erschien. Sie trug ein Tablett.

»Hab mich total beeilt, sozusagen die Klinik im Dauerlauf verlassen. Und es gibt Würstchen. Für alle armen gebeutelten Helferlein!«

»Super! Dankeschön«, freute sich Mia. »Ich wollte gerade zu Rose und Rabea, um zu fragen, wo wir Pizza bestellen können.«

»Das brauchst du nicht. Da kommt gleich noch was.« Judith grinste.

»Wie meinst du ...?« Doch Mia konnte ihren Satz nicht beenden, denn die beiden alten Ladys klopften an den Haustürrahmen.

»Judith, meine Liebe, du bist schon da? Wie schön. Bist du so gut und hilfst mir mal?«

Judith hastete zu ihnen und nahm zuerst Rose eine Platte aus der Hand. »Oh Rose, lecker, deine berühmten Fruchttörtchen!«

Sie balancierte die große Tortenplatte in den Küchenbereich. Mia starrte auf die fruchtige Pracht. Die Erdbeer- und Kirsch-Törtchen leuchteten sie an. Sie sahen zum sofortigen Anbeißen aus! Ihr lief das Wasser im Mund zusammen.

In diesem Augenblick erschienen fremde Besucher. Kamen da doch die beiden attraktiven Kerle herein, die sie am Tag der Unterschrift bereits gesehen hatte. Dahinter folgte ein älteres Ehepaar. Alle hatten die Hände voll.

»Immer man herein«, freute sich Frau Behrens, »dort sitzen die hungrigen Mäulchen!«

Schon erfüllte Leben ihr Wohnzimmer. Die essbaren Mitbringsel wurden auf ihre Kommode gestellt. Mia erblickte Nudelsalat und belegte Brötchen, die nach althergebrachter Art mit einem Cornichon und Petersilie oder einer Eischeibe garniert waren.

»Bei uns ist es üblich«, erklärte ihr Rose, »dass wir uns alle zum Einzug vorstellen. Jeder bringt was Leckeres mit, wir sitzen zusammen und lernen uns richtig kennen.« Dann schlug sie sich mit der Hand an den Kopf. »Ach herrje, mein Kartoffelsalat!« Schon lief sie aus der Tür.

Genau das ist es, was ich wirklich gar nicht mag, dachte Mia. Jetzt möchte ich eigentlich nur kurz was essen, dann wären die Umzugshelfer weg und ich hätte Zeit, mich in Ruhe einzurichten. Aber die Chance war jetzt gleich null.

Das ältere Ehepaar schüttelte ihr freudig die Hand.

»Ernst-August Schlunzheimer. Und das ist meine Frau Elvira. Wie nett, Sie kennenzulernen! Wir sind froh, dass hier wieder frisches Blut in die Siedlung kommt. Wissen Sie, es gab eine Zeit lang nur alte Leute, nicht wahr, Elvira?«

»Ja, ja, da hat Ernst-August natürlich recht. Aber dann kamen die Jungs«, sie deutete auf die beiden attraktiven Männer, die sich mit Ringo unterhielten. »Ach, und vorher natürlich schon die liebe Judith.« Sie blinzelte Judith freundlich an.

»Es ist wirklich schön«, ergänzte Herr Schlunzheimer noch, »medizinische Notversorgung vor Ort zu haben. Herr von Brummer hat uns diesbezüglich bereits unterrichtet.«

Mia nickte nur und lächelte leicht gequält. Wie gut, dass dieser von Brummer heute nicht anwesend war!

Sie wechselte ein paar nette Worte mit dem Ehepaar Schlunzheimer. Dann blickte sie zu den beiden attraktiven Männern hinüber und entschloss sich, die zwei erst einmal näher kennenzulernen. Flirten, jedenfalls ein bisschen, wäre sicherlich erlaubt. Man sollte sich den stressigen Einzugstag schließlich so schön wie möglich machen.

In der Zwischenzeit gesellten sich zu den leckeren Sachen auf der Kommode wie von Zauberhand Teller, Besteck und Gläser. Judith schleppte zwei Sektflaschen an.

»Hey, Rob, machst du die Pullen mal auf?« Sie hielt einem der attraktiven Kerle eine Flasche hin.

»Gib her.«

Mia betrachtete die beiden Männer. Sie wusste gar nicht, welchen sie attraktiver fand. Den dunkelhaarigen Rob oder den blonden ... wie hieß er eigentlich?

»Und wer bist du?« Sie drehte sich zu ihm hin. Ein niedliches Lächeln hatte er! Und sie hatte so lange gezögert, sich diese Wohnung anzusehen. Was gab es doch für hübsche Kerle auf dem Land!

»Ich bin Tilo.« Er sprach mit einem ganz leichten niederländischen Akzent.

»Tilo ist übrigens unser Grillmeister.« Rabea kam hinzu. »Zu jeder Sommerparty grillt Tilo für uns.«

»Mensch, ich grille auch total gern«, warf Ringo ein. »Dann können wir doch mal gemeinsam was auf den Grill werfen.«

»Spitzenidee!«, kam es wie aus einem Mund von Rob und Tilo.

Und ehe sich Mia versah, stand ein Termin zum Näher-Kennenlernen-Grillen während eines Fußball-Länderspiels an, in den sie gleich einbezogen wurde, ohne überhaupt einen Quietscher dazu gesagt zu haben.

»Hier gibt es Nachbarn inklusive!« Judith grinste und reichte die gefüllten Sektgläser herum. »Prost, ihr Lieben, auf unsere Neue!«

In diesem Augenblick klopfte es erneut an den Rahmen der offenstehenden Haustür. Schnell nahm Judith ein Schlückchen und stellte das Glas ab. »Ah, Mia, das sind Marianne Wittig, meine Vermieterin, und unser Brummerchen!«

Mia sah eine schmächtige, ergraute Frau um die sechzig. Hinter Frau Wittig trat der ihr bereits bekannte Herr von Brummer ein. Vor seinem Kugelbauch trug er ein Geschenk wie eine Trophäe.

♥ 8 ♥

Magnus von Brummer trat vornehm und sich räuspernd an Mia heran, als müsse er eine Laudatio halten.

»Liebe Frau Tiemel, wir freuen uns alle«, er sah Zustimmung heischend in die Runde, »dass Sie nun unsere Straße und die Nachbarschaft bereichern. Als kleines Einzugspräsent habe ich mir erlaubt, Ihnen dieses Vogelhäuschen in eigener Arbeit zu zimmern.«

Mit Stolz überreichte er Mia ein rosafarbenes Vogelhaus. Sie nahm es erst einmal sprachlos entgegen.

»Ich dachte mir«, ergänzte Herr von Brummer sofort, »Sie schätzen ebenfalls das Ländliche und werden sich freuen, wenn auch in Ihrem Gartenbereich die Vögelchen nisten.«

»Damit in unserer Straße alle Vögel vögeln können«, hörte Mia ein Glucksen.

Aber auch Herr von Brummer hatte es mitbekommen. »Wie bitte?« Leicht rot angehaucht drehte er sich zu Tilo.

»Damit sich in unserer Straße alle Vögel … wohlfühlen, erklärte ich gerade«, rechtfertigte sich Tilo mit einem Schmunzeln. Die anderen amüsierten sich.

Schnell hatte sich Mia gefasst und Herrn von

Brummer ebenfalls ein Sektglas gegeben. »Auf gute Nachbarschaft! Und vielen herzlichen Dank. Das Vogelhäuschen ist zauberhaft.«

»Das freut mich.« Man sah Herrn von Brummer den Stolz über das Lob an. »Sie werden noch erkennen, wir sind eine Einheit hier, so etwas gibt es kein zweites Mal.«

Das befürchte ich, dachte Mia ein wenig besorgt und atmete tief ein. Hoffentlich erschienen die lieben Nachbarn nicht in regelmäßigem Turnus!

Dann wurde das kleine Landbüffet geplündert. Alle hatten Hunger, beste Laune und manch lautes Gelächter drang aus dem wieder bewohnten Häuschen nach draußen, denn die Flügeltüren zur Terrasse waren aufgrund des herrlichen Sonnenwetters weit geöffnet.

»Ah, dein köstlicher Kartoffelsalat, Rose!« Herr von Brummer schaufelte sich davon auf seinen Teller. »Ich hatte darauf gehofft. Es ist der weltbeste Kartoffelsalat.«

»Und ich habe ihn ganz allein machen müssen«, brummelte Rose und warf einen vorwurfsvollen Blick zu ihrer Schwester. »Rabea war wieder im Internet unterwegs, hat zehn verschiedene neue Rezepte für Kartoffelsalat herausgesucht. Dieser neumodische Kram mit Oliven und getrockneten Tomaten und dergleichen. Das schmeckt eh nicht. Kartoffelsalat muss zwingend traditionell zubereitet werden!«

»Unbedingt!«, stimmte Magnus von Brummer zu und schob sich genüsslich einen überladenen Gabelbissen in den Mund. »Mit Gewürzgürkchen, ohne Oliven«, erklang es undeutlicher.

»Man kann doch mal nach etwas anderem schauen«, rechtfertigte sich Rabea und zog eine Schnute.

»Nur guckst *du* so lange in die Kiste, bis *ich* den Kartoffelsalat fertig habe!« Rose war noch sichtlich verstimmt.

Von allen Seiten wurde nun Roses traditionelle Kartoffelsalat-Herstellung gelobt und alle aßen mit Appetit. Der Salat war ohne Frage eine Köstlichkeit.

Ein wenig später trug Ringo das rosa Vogelhäuschen auf die Terrasse und machte einen Vorschlag zum Standort und zur Befestigung.

»Toll! Leg los!«, Mia war dankbar, dass ihr diese Arbeit abgenommen wurde.

Schon verschönerte das kleine Vogelheim ihren äußeren Terrassenbereich.

»Danke, Ringo.«

»Vogelnachwuchs bekommst du aber frühestens im nächsten Jahr. Die Brutsaison ist durch.«

»Macht nichts«, winkte Mia locker ab, »ich genieße den Anblick auch so. Kann ich dich für Reparaturen jeglicher Art in Zukunft buchen?« Eigentlich hatte sie das scherzhaft gemeint, aber ihr Kollege hatte sie freudig angesehen.

»Ich mache dir alles!«

Das hatte natürlich auch Tilo gehört, der sich an diesem Tag als Wortverdreher outete. »Oha, du machst ihr alles? Freestyler, was?« Er grinste deutlich anzüglich, aber knuffte Ringo freundschaftlich auf den Oberarm. Und sein Akzent ließ es witzig wirken.

Mia lachte los. »Ich nehme dich beim Wort, Ringo.«

Doch schon wieder drängte sich der Gedanke an Olaf Münstermann auf. Flirten hatte man das Treffen in der Bar nicht wirklich nennen können. Es war auf die eine oder andere Art eher anstrengend gewesen, denn Olaf wollte eigentlich für den Anfang zu viel über ihr Privatleben wissen. Lotete er wohl aus, ob sie in seine Familie passen würde?

Jetzt genoss sie die lockere Atmosphäre und drei wunderbare Männer waren in ihrer neuen Unterkunft, mit denen sie salopp losflirten konnte. Das nutzte sie die nächsten beiden Stunden voll aus.

Judith gesellte sich dazu und so erfuhr Mia, dass Herr von Brummer seit seinem Rentenbeginn vor sechs Jahren mit Vorliebe Vogelhäuschen zimmerte und jeder Garten mittlerweile mindestens ein Exemplar von ihm zierte. »Meins ist gelb, Rob und Tilo haben ein blaues Vogel-Mietheim, Frau Wittig ein violettes, Rose und Rabea besitzen sogar mehrere. Du brauchst dich später nur mal bei allen umsehen, dann siehst du sie.«

Die schönen Häuschen waren Mia bereits am ersten Tag in dem Garten der Schwestern Behrens aufgefallen. Mia warf einen freudigen Blick durch die geöffnete Balkontür. »Ich finde die Teile richtig hübsch!«

»Sind sie auch. Aber bewundere bitte den dicken Magnus nicht zu sehr dafür, sonst hast du bald eine Parade von Vogelhäuschen hier stehen.«

Als Mia später mit Judith allein war, stöhnte sie auf und gähnte herzhaft. »Jetzt weiß ich, was du meinst mit Nachbarn inklusive!«

»Du wirst dich daran gewöhnen – und glaube mir, du lernst es auch schätzen. Ein Problem hast du immer nur kurzfristig, denn es ist stets einer da, der hilft oder jemand kennt, der helfen kann. Das ist übrigens wie ein Virus, hast du ja schon mitgekriegt.«

»Wie meinst du das jetzt?«

»Na, Ringo wird wohl öfter kommen. Er hat sich vorhin sichtlich prächtig mit Rob und Tilo unterhalten, und in Kürze wird hier einen Grillabend stattfinden.«

»Ich wundere mich nur«, Mia sah man die Überlegung an, »warum zwei junge Studenten weit raus aufs Land ziehen. In der Stadt ist doch der Bär los, da sind die Studentenkneipen.«

»Wie kommst du denn darauf, dass die beiden Studenten sind?«

Mia stutzte. »Weil Rob gesagt hat, morgen sei wieder Vorlesung.«

»Dann denk mal schnell anders! Professor Robert Moliar ist einer der jüngsten Professoren an der Uni.«

»Echt? Er sieht total jugendlich aus!«

»Gute Gene. Und vielleicht hält ihn zudem die Liebe frisch.«

»Ach? Er hat eine Freundin?« Schade, dachte sie insgeheim, denn sie fand Rob eine Spur attraktiver als Tilo.

»Freundin? Wieso Freundin?« Judith schüttelte den Kopf. »Du stehst aber auch mit beiden Beinen auf der Leitung, wie? Rob und Tilo sind verheiratet.«

Mia musste alle an diesem Tag gesammelten Infos erst einmal verdauen, besonders die von Rob und Tilo. Ein Ehepaar! Das hätte sie nie vermutet. Und das hier, in einer eigentlich spießig wirkenden Siedlung. Sie stellte erneut erstaunt fest, dass sie Vorurteile hatte, und tatsächlich war oft nichts so, wie es nach außen wirkte. Keiner hier schien damit ein Problem zu haben. Nicht nur Städter waren demnach tolerant.

Und ja, irgendwann einmal hatte Judith etwas von einem deutsch-niederländischen Ehepaar erwähnt, aber diesen Zusammenhang hatte Mia nicht hergestellt.

Durch den Besuch der Nachbarschaft hatte sie nicht so viel geschafft wie gedacht, aber trotzdem war sie glücklich. Ihr Bett stand, und sie zog eine romantische Rosenbettwäsche auf. Die passte wunderbar in dieses gemütliche Schlafzimmer unter dem Dach. Ihre kleine Nachttischleuchte, die von einer leider aussterbenden Art der Glühbirnen gespeist wurde, verbreitete ein warmes Licht.

Entgegen ihrer normalen Einstellung, niemals Süßigkeiten mit ins Bett zu nehmen, lief sie noch einmal auf nackten Füßen zurück in die Küche. Dort griff sie nach einem der wenigen übrig gebliebenen Schokoladenzipfel, die Frau Schlunzheimer gebacken und mitgebracht hatte. Das kleine, unverschämt leckere Teil war geformt wie ein Zwergenmützchen. Es besaß eine Hülle aus schützender Zartbitterschokolade, während der Kern aus einer Vanillecreme bestand, die schmelziger und vanilliger nicht hätte sein können.

Hatte Sie Frau Schlunzheimer eigentlich gesagt, wie überaus lecker ihr Backwerk war? Das musste sie in jedem Fall noch nachholen.

Sie setzte sich auf die Bettkante, biss die Zipfelspitze ab und stöhnte auf vor Wonne. Was für ein schöner Abschluss für einen anstrengenden Tag!

Kurz danach lag sie mit offenen Augen im Bett.

Etwas drängte sich ihr sofort auf. Es war ruhig. Sie hörte nichts.

Noch letzte Nacht hatte sie die unvermeidlichen Geräusche einer Stadt wahrgenommen, das monotone Rauschen der vorbeifahrenden Autos, die Polizeisirene und den Rettungswagen. Und sie hatte sich mal wieder über zu laute und rücksichtslose Menschen geärgert, die nach Mitternacht grölend ihren Kneipenbesuch beendeten.

Erstaunlich – das Alte Land hier lag schließlich gar nicht so weit weg von der pulsierenden Metropole Hamburg, und dort verdiente sie ihren Lebensunterhalt, aber es erschloss sich eine völlig andere Welt. Sie erlebte nun beides. Den Trubel einer Großstadt und das beschauliche Landleben.

Ihre Gedanken wanderten zu ihrem Kollegen Ringo. Wie tatkräftig und geschickt er war! Aber sicherlich hätte Olaf ihr auch geholfen, wäre er denn vor Ort hier gewesen. Sie kannten sich schließlich erst kurz, da waren seine Eltern wichtiger. Verständlich.

Ob er wohl am kommenden Wochenende ..., aber den Gedanken konnte sie nicht zu Ende bringen, denn schon war sie eingeschlafen.

Ihre erste Tat am nächsten Morgen war das Kaffeekochen. Mit der dampfenden Tasse in der Hand stand sie im Schlafshirt und mit nackten Füßen auf ihrer Terrasse. Sie hörte die Vögel zwitschern und von Ferne einen Hund bellen. Ein Glücksgefühl machte sich breit. Begehrtes Wohndomizil ergattert, Umzug gemeistert, jetzt hieß es nur noch, sich gemütlich einzurichten – für den richtigen Mann.

Mit dem letzten Schluck ging sie energiegeladen

wieder hinein, duschte, warf sich in bequeme Kleidung und begann mit dem Auspacken der Kisten. Sie hatte nicht wirklich viel, aber es zog sich endlos hin. Dinge, die sie in der Küche schon eingeräumt hatte, räumte sie erneut aus und um.

Mittags machte sie sich über den Rest Kartoffelsalat von Rose her. Am liebsten hätte sie ein Würstchen dazu gegessen, aber die waren gestern alle unter die Leute gekommen. Da erspähte sie hinten im Kühlschrank noch zwei gefüllte Eihälften. Auch eine lohnenswerte Alternative. Plötzlich wurde ihr bewusst, wie vorausschauend die Nachbarn doch gewesen waren. Sie hatten alle Überbleibsel dagelassen, sodass sie sich heute im Einräumchaos nur bedienen musste.

Wie hatte Judith noch gesagt, sie würde die gute Nachbarschaft schätzen lernen? Jedenfalls so ähnlich. In essenstechnischer Hinsicht hatte das hingehauen!

Gegen Abend war sie mit einem Großteil fertig und setzte sich geschafft, wieder mit einem gut gefüllten *Nachbarschaftsteller,* auf die Terrasse. Die kleine Bank hatte sie mit allen zu erübrigenden Kissen erst einmal provisorisch ausgestattet. Während sie sich genüsslich eine Gabel nach der anderen in den Mund schob, schaute sie in die Weite bis zum Horizont. Glückspilzchen du, Mia.

Fast widerwillig mühte sie sich auf, als ihr Handy klingelte.

Aber dann schlug ihr Herz schneller, denn im Display stand Olaf.

♥ 9 ♥

Wie nett, dass er nachhörte, wie der Umzug gelaufen war! Er hatte an sie gedacht. Schön!

Sie telefonierten eine ganze Weile. Gerne hätte sie mehr über seine Eltern erfahren, aber da hielt er sich mit Infos zurück. Auch auf gezielte Nachfragen kamen die Antworten nur spärlich und eher ausweichend.

So berichtete sie ihm dann freudig, wie nett doch die neuen Nachbarn waren und erzählte von der spontanen Kennenlern-Party.

»Ehrlich gesagt«, meinte Olaf, »bin ich jetzt von enger Nachbarschaft nicht begeistert. Und am Tage des Einzugs hat man doch andere Dinge zu tun.«

»Es war wirklich total nett. Und das Beste: Ich habe noch zwei Tage Essensreserve, ohne dass ich selbst kochen muss. Wenn das kein Vorteil ist.«

»Ein Apartment in einem großen Innenstadthaus ist dagegen eine ganze Spur anonymer«, gab er zu. »Auf dem Land ticken die Uhren dann doch anders. Die Frage stellt sich, was besser ist.«

Plötzlich wechselte Olaf das Thema.

»Du hast noch Urlaub, nicht? Ich hab auch frei. Was hältst du davon, wenn wir dem Alltag ein wenig entfliehen und in einem kleinen verschwiegenen Hotel abtauchen? Ich kenne da was Nettes, wo ich gerne entspanne. Ich lade dich ein.«

»Ähm ...«, Mia war irritiert und überrumpelt von seiner Schnelligkeit. Eigentlich wollte sie die ersten Tage in ihrer neuen Wohnung verbringen, nach kurzer Überlegung sagte sie jedoch freudig zu. »Holst du mich ab?«, fragte sie.

»Mir wäre es recht, wir treffen uns am Park & Ride nahe der Klinik. Ich muss nach der Rückkehr am nächsten Tag früh wieder zum Dienst, und so könnten wir die Zeit intensiver genießen und nicht mit Fahrerei vergeuden. Ist ja doch ein Stück raus zu dir.«

Das war natürlich ein Argument.

Das Telefonat war nach genauer Zeitabsprache schnell beendet, aber Mia euphorisch. Hatte sie sich jetzt einen gut aussehenden Arzt geangelt?

Mia astete am folgenden Morgen ihre schwere Reisetasche Richtung Straße. Sie hatte sich gar nicht entscheiden können, welche Klamotten sie mitnehmen sollte. Deshalb hatte sie von sportlich bis elegant genügend Auswahl im Gepäck.

Sie kam gerade an der Haustür der Behrens entlang, als diese sich öffnete. Rose tapste mit einer Einkaufstasche heraus, sah Mia, staunte und witzelte direkt los. »Ich gehe zwar einkaufen, aber selbst dafür brauche ich *so* eine große Tasche nicht.« Sie warf einen bedeutsamen Blick auf die prall gefüllte Reisetasche.

Mia sah sich zu einer Erklärung genötigt. »Ich bin spontan zu einer kurzen Auszeit eingeladen worden. In zwei Tagen bin ich aber schon wieder hier.«

»Tja, und ich gehe mal wieder allein einkaufen! Rabea ist diesem *Anleinschoppink* verfallen. Sie meint, den neuen Gartenschlauch bekommen wir auf diesem Wege viel günstiger.« Rose seufzte.

»Manchmal ist das tatsächlich so. Man muss halt nur die Preise vergleichen«, nahm Mia Rabea in Schutz. »Und ihr habt noch einen Vorteil. Er wird euch ins Haus geliefert.«

»Damit will mich meine Schwester auch immer besänftigen. Aber die Arbeit bleibt bei mir, während sie mit ihren Rheumaknochen auf der Tastatur rumhämmert.«

Mia konnte sich ein Schmunzeln nicht verkneifen, sagte jedoch nur: »Tschüss dann!« Schnellen Schrittes hastete sie ungelenk mit ihrem gewichtigen Gepäck zum Auto.

Unsicher warf sie einen Blick durch den Garten des Nachbarhauses hin zu Judiths Refugium, so als könne ihre Kollegin sie vom Fenster aus beobachten, obwohl sie wusste, dass sie in der Klinik war. Sollte sie kurz per WhatsAPP schreiben und berichten? Dann jedoch sah sie auf die Uhr. Zu spät! Sie musste sich eh schon beeilen!

Am Park & Ride allerdings wartete sie. Von Olaf keine Spur. Eine gute Viertelstunde war vergangen. Hatte sie etwas falsch verstanden?

Ihr Handy klingelte. Es war Ringo, der ihr anbot, ihre beiden Bilder aufzuhängen.

»Du, heut und morgen ist es für mich schlecht«, wehrte Mia ab. »Ich hab noch tausend andere Dinge zu tun.«

»Aber genau dann würde es doch passen. Du kreuserst rum und ich hänge in der Zeit die Bilder auf.«

»Das eilt nicht. Wir machen das ein andermal.«

»Na gut, war nur ein Angebot.« Die Enttäuschung

war deutlich zu hören.

In diesem Augenblick kam ein schnittiger Zweisitzer auf den Parkplatz gefahren, am Steuer Olaf.

»Du, ich wollte noch einkaufen und will jetzt los. Mach‘s gut. Wir sehen uns in Kürze auf Station.« Damit klickte Mia das Gespräch weg.

Sie stieg aus und ging auf Olafs Wagen zu, dessen Fahrerscheibe leise heruntersummte. Für ihren Geschmack hatte er die Musik zu laut, aber gut, das war nicht ihre Sache.

Er grinste sie an. »Ich hoffe, du wartest nicht zu lange. Ich wurde noch kurz aufgehalten.«

Von wem, war sie fast versucht zu fragen, log aber dann. »Kein Problem, bin auch gerade erst gekommen. Der Verkehr ...«

Mit Schwung und guter Laune stieg er aus und begrüßte sie galant mit einem Wangenküsschen. Sie verfrachteten ihre Reisetasche in seinen kleinen Kofferraum, aber erst, nachdem sich Mia zwangsweise von einigen Dingen getrennt hatte.

»So viel brauchst du eh nicht. Ein Zweisitzer hat eben nur wenig Ladefläche.« Er presste die nur noch halb gefüllte Tasche hinein und ließ den Kofferraumdeckel einrasten.

Mit Bedauern schloss Mia ihren Wagen ab. Ihr eigener Kofferraum enthielt nun schöne Outfits, die sie mit ungutem Gefühl auf einem Park & Ride zurückließ. Zu blöd aber auch, dass sie nicht gewusst hatte, welches Auto er fuhr.

»Guck nicht so«, Olaf schien ihre Gedanken lesen zu können, »hier passiert nichts. Außerdem brauchst du viele Sachen gar nicht, wir wollen es uns doch zu zweit schön machen, da stört Kleidung nur.«

Er kniff ihr neckisch ein Auge und strich liebevoll

über ihre Wange.

Ein wenig verunsicherten sie seine Worte, aber dann rief sie sich selbst zur Raison. Mia, du Schäfchen! Weshalb lädt er dich ein? Bestimmt nicht, damit wir Wandern gehen und Kräuter suchen. Ein verschwiegenes Hotel, sie beide allein ... klar, welche Absicht dahintersteckte! Nur, wollte sie das tatsächlich? War sie ganz ehrlich zu sich selbst, ging ihr das einfach zu schnell. Das allerdings hätte sie sich eher überlegen müssen. Aber diese unangenehmen Gedanken ihres Gewissens und der Gefühle drängte sie beiseite, denn Olaf ergriff die Initiative.

»Los geht's!«

»Wo genau fahren wir denn hin?«

»Lass dich überraschen.«

Mia sank auf den Beifahrersitz. Noch nie hatte sie in einem derartig teuren Wagen gesessen. Stolz packte sie. Ein toller Mann, ein klasse Auto, und viel Zeit zu zweit. Ihr Herz klopfte in doppeltem Rhythmus.

Der Motor röhrte, als Olaf aufs Gaspedal trat. Nahm ihr Liebesleben jetzt auch Tempo auf?

Während der einstündigen Fahrt unterhielten sie sich angeregt, hauptsächlich über das Krankenhaus. Olaf stellte ihr viele Fragen. Sie gab bereitwillig Auskunft, aber einige seiner Erkundigungen beantwortete sie ausweichend, indem sie vorgab, die Antwort nicht zu wissen. Es gab Interna ihrer Station, die sie keinesfalls preisgab.

Sie bemerkte eine Eigenart bei ihm. Bei den Themen, die brenzlig waren und für die er sich interessierte, gab er sich besonders unbeteiligt. Er sah aus dem Fenster oder suchte einen neuen Radiosender.

Irritation mischte sich in ihre Freude.

Als er jedoch ins Private wechselte, verschwand das beklemmende Gefühl bei ihr. »Du bist mir sofort aufgefallen. Deine Augen strahlen nämlich. Irgendwie haben sie einen Glanz, den man ganz selten sieht.«

»Echt? Das hat mir noch niemand gesagt.«

»Dann wird es aber Zeit!« Er legte eine Hand auf ihren Oberschenkel und lächelte, konzentrierte sich trotzdem auf den Verkehr. Mia seufzte glücklich auf.

Olaf hatte nicht zu viel versprochen. Sie erreichten ein kleines, etwas abseits liegendes Landhotel. Die Wege und die Gartenanlage drumherum waren top gepflegt. In einiger Entfernung sah sie einen Gärtner arbeiten, er lag auf den Knien und häufelte soeben Erde um eine neu gepflanzte Blume.

In der Hotellobby stellte Olaf schnell seine Reisetasche an einer Sitzgruppe ab.

»Warte hier, Mia, ich checke uns eben ein.«

Mia hielt im Laufen inne, denn sie wollte forschen Schrittes ebenfalls mit. »Oh ... okay.«

»Ich erledige das fix für uns, und dann beginnt endlich unsere ganz private Auszeit.«

Und so kam es, dass ihr die Empfangsdame nur von Weitem freundlich zunickte.

Ganz Gentleman-like trug Olaf beide Reisetaschen. Das gemütlich eingerichtete Zimmer war schnell erreicht, denn es gab nur zwei Stockwerke. Mia ging direkt ans Fenster. Es bot sich der Ausblick nach vorne hinaus auf die Zufahrt des Hotels. Ein weiterer Wagen fuhr auf den Hotelparkplatz und ein sichtlich glückliches Pärchen stieg aus. Die junge Frau schaute neugierig zum Haus hin, während sich ihr Partner bereits um das Gepäck kümmerte.

Da spürte Mia Olafs Hände, die sich von hinten gar nicht schüchtern den Weg unter ihren Armen hindurch zu ihren Brüsten bahnten.

♥ 10 ♥

Mia versteifte sich für einen Augenblick. Automatisch blickte sie hinab. Währenddessen kneteten Olafs Hände bereits ihren Busen. Sie spürte seine Lippen an ihrem linken Ohr.

»Auf diesen Moment habe ich schon gewartet«, hörte sie ihn mit rauer Stimme nahezu flüstern. Seinen Worten folgte ein liebevoller Biss in ihr Ohrläppchen, der ihr einen wohligen Schauer den Rücken hinab schickte.

Olaf presste seinen Körper an ihren. Sie spürte deutlich seine Erregung. Ihr wurde warm. Er würde doch nicht jetzt schon …

Doch! Seine Hände glitten fordernd unter ihr T-Shirt und öffneten ihren BH. Mit sanftem Druck drehte er sie zu sich herum und schob gleichzeitig ihr Shirt nach oben. Er beugte sich zu ihrer Brust herunter, um sie zu küssen.

Erschreckt wollte sie sich wegdrehen. »Da kann man doch von draußen reingucken«, sie war sichtlich betroffen.

Aber Olaf schien das nichts auszumachen. »Dann sehen sie eine wunderschöne Frau und einen noch schöneren Busen«, kommentierte er knapp. Schon umkreiste seine Zunge ihre Brustspitze. Mias Körper reagierte direkt, sie stöhnte leise auf.

Mit sanfter Kraft drängte er sie zum Bett. Sie hatte

den Rand erreicht, der in ihre Kniekehlen drückte. Sie fiel nach hinten. Schon war er über ihr – und dann ging alles sehr schnell.

Erschöpft ließ er sich neben sie fallen. Gut, es war aufregend gewesen, sie hatte ihn so nah gefühlt wie schon oft in ihrer Fantasie und durchaus Erregung verspürt, aber das war es dann auch. Ein Hammer-Erlebnis war anders.

Doch dieses irritierende Gefühl nahm er ihr direkt. Er drehte sich zu ihr und spielte mit ihren Haaren. »Ich glaube, ich war ein bisschen schnell, nicht? Aber ich konnte nicht anders. Du bist absolut sexy, Mia.«

Seine Hand glitt an Brust und Taille hinab, was ihr Körper mit einer angenehmen Gänsehaut quittierte.

»Mia, wir haben noch Zeit. Das werden wir wiederholen, und dann wirst du auch zum Zuge kommen, das verspreche ich dir.« Zärtlich küsste er sie, aber dann schubste er sie an. »Los, auf! Das Wetter ist wunderbar! Lass uns ein wenig spazieren gehen. Hier gibt es einige schöne Wege, die zu einem kleinen See führen.«

»Wollen wir nicht erst einmal einen Kaffee trinken?« Mia spürte Verlangen nach einer Tasse Kaffee, denn normalerweise trank sie morgens nach dem Aufstehen direkt zwei. Heute hatte sie sich das gekniffen. Sie wollte Olaf nicht gleich bitten müssen, an der ersten Autobahntoilette zu halten. Das war ihr dann doch zu peinlich.

»Später«, meinte Olaf relaxed. »Dort am See gibt es ein bezauberndes kleines Café. Da haben wir eine tolle Aussicht gratis dazu.« Er verschwand im Bad.

Wie praktisch, dass ich immer eine Notration Mineralwasser dabei habe, freute sich Mia. Schnell sprang sie auf, öffnete ihre Reisetasche, holte die kleine Flasche Wasser heraus und trank gierig einige Schlucke. Das tat richtig gut! Ein Gefühl, als würden sich ihre angetrockneten Zellen wohlig entfalten.

Als sie die Toilettenspülung hörte, schraubte sie das Fläschchen schnell wieder zu, versenkte es erneut in ihrer Tasche und hüpfte zurück ins Bett.

»So, Bad ist frei!« Da Olaf nackt zurückkam, konnte sie ihn in seiner ganzen Pracht betrachten. Und hier kam das zum Vorschein, was sie schon von Anfang an empfand. Er war sehr schlank und schmalhüftig. Sie zog normalerweise einen kräftigeren Körperbau bei einem Mann vor. Aber vielleicht war das alles nur eine Frage der Gewöhnung.

Sie stolperte etwas verlegen ins Bad, ihre Kleidung hatte sie unter dem Arm.

Wenig später waren sie bei strahlendem Sonnenschein unterwegs. Als sie das Hotel ein Stück hinter sich gelassen hatten, nahm er ihre Hand. Er war ein wunderbarer Gesellschafter, erzählte einige Anekdoten von seiner letzten Stelle und gab sich wieder sehr interessiert an ihrem Privatleben.

»Und die beiden Omis bewirtschaften neben dem Haus das große Grundstück ganz allein?«

»Sie sind zäh«, kicherte Mia, »aber auch unwahrscheinlich nett.«

»Wer erbt denn das alles?«

Mia blieb irritiert stehen. »Warum willst du das denn wissen?« Auf einen derartigen Gedanken wäre sie gar nicht gekommen.

»Na, wenn das zwei alte Jungfern sind, haben die

keine direkten Erben.«

»Es gibt doch auch noch andere Verwandtschaftsverbindungen. Und du weißt schließlich gar nicht, ob es alte Jungfern sind! Vielleicht haben sie ja das eine oder andere Abenteuer genossen. Sie sind jedenfalls sehr aufgeschlossen.«

»Du meinst neugierig.«

»Nein, meine ich nicht. Es ist, wie ich es sage. Sie sind aufgeschlossen und auf ihre Art durchaus modern angehaucht. Sie haben jedenfalls nicht den Anschluss verpasst. Die Ältere ist sogar recht Technikaffin, hat einen eigenen PC und bestellt auch im Internet.«

Olaf lachte los. »Cyber-Omis.«

»Was bist du eigentlich so an meinen Vermieterinnen interessiert? Stehst du auf ältere Frauen?«

Dieser nicht ganz ernst gemeinte Satz veranlasste Olaf, Mia zu sich heranzuziehen. »Sehe ich so aus? Ich bin für junges, knackiges Gemüse.«

»Das könnte allerdings schnell trocken werden, wenn nicht bald ein Kaffee in Sicht ist.«

»Du bist ein ganz schöner Kaffee-Junkie, wie?«

Mia nickte nur. Tatsächlich fehlte ihr das heiße Gebräu. Gedanklich rechnete sie zusammen. Zwei Tassen, bevor sie in die Klinik fuhr, vier bis fünf – manchmal auch nur hektisch runtergeschlubbert – auf Station, dann als Ritual immer eine, wenn sie nach Hause kam. Joah, das war in der Tat eine opulente Tagesration.

Wenige Minuten später hatten sie den von Olaf gepriesenen See erreicht. Es bot sich ihnen ein malerisches Bild. Rund um das Gewässer gab es, jeweils in gebührendem Abstand, hübsche Häuser, einge-

bettet in alten Baumbestand. Hier lebten finanzkräftige Eigentümer, das sah man deutlich.. An einem Steg dümpelten ein paar kleine, aber sicherlich kostspielige Jachten.
Ein winziger Bereich schien öffentlich zu sein. Hier war ein Strand aufgeschüttet worden, der rege genutzt wurde. Kinder bauten Sandburgen, Menschen saßen oder lagen auf bunten Handtüchern. Zum Baden war das Wetter dann doch noch nicht warm genug, aber einige Tretboote schlingerten über den See, mehrere warteten am Verleih noch auf ihren Einsatz.

»Hübsch hier!« Mia warf einen Blick nach links, wo das Café mit einer Sonnenterrasse zum Verweilen einlud.

»Sagte ich doch.« Olaf zog sie in Richtung eines freien Tisches, der direkt am Rand des Sees positioniert war. »Ist es hier okay?«

Für Kaffee wäre ihr augenblicklich alles recht gewesen. »Sehr schön.« Mia spürte den leichten, warmen Windhauch auf ihrer Haut. »Da haben wir aber einen wunderbaren Tag erwischt.«

»Finde ich auch, in Anbetracht der kleinen leckeren Vorspeise im Hotelzimmer.« Er grinste anzüglich.

In Mia regte sich ein unangenehmes Gefühl. Es war so etwas wie ein schlechtes Gewissen. Sie fuhr mit einem nahezu fremden Mann zwei Tage in Urlaub, und kaum waren sie im Hotelzimmer angekommen, schlief sie mit ihm. Sie hatte sich irgendwie total überrumpeln lassen. Dieses Verhalten war gar nicht ihre Art. Egal, was nach diesen beiden Urlaubstagen passieren würde, sie würde niemandem von diesen Ausflug erzählen, beschloss sie.

Olaf bemerkte ihre leicht melancholische Stimmung. »Was ist los?«

»Weißt du«, begann Mia, »eigentlich ging mir das gerade zu schnell. Ich bin nicht so ein Typ, der direkt ...«

»Mia«, Olaf unterbrach sie selbstbewusst, »irgendwann ist immer das erste Mal! Außerdem, wir sollten es ganz für uns behalten. Fühlst du dich denn besser, wenn es unser kleines Geheimnis bleibt?«

Sie blieb ihm die Antwort schuldig, denn die Bedienung kam an den Tisch.

Schelmisch grinste Olaf Mia an. »Ich nehme an, eine Tasse Kaffee wird dir nicht reichen, du brauchst ein Kännchen?«

Dankbar stimmte Mia zu.

Als sie kurz darauf den köstlichen Apfelkuchen mit Sahne verspeiste, war ihre etwas in Unordnung gekommene Welt wieder gerade gerückt.

Nach dieser schönen Auszeit überredete Olaf sie zu einer Tretbootfahrt. Das allerdings war nicht ihr Ding. Ihr wurde durch die Schaukelei richtig übel, und sie bat ihn nach zehn Minuten, die Fahrt abzubrechen. Er versuchte, sie zu überreden und fuhr ein Stückchen weiter auf den See hinaus. Mia ließ sich jedoch nicht beirren. In ihrem Magen revoltierte es.

»Olaf, ich kann das nicht! Ich kotze gleich.«

Da gab er auf und lenkte das Tretboot zurück. Aber er war sichtlich verstimmt. So gestaltete sich der Rückweg recht einsilbig. Bis zum Abendessen hatte er sich allerdings wieder gefangen.

Als sie abends den Speisesaal des Hotels betraten, tat es Mia leid, den eleganten Teil ihrer Kleidung im eigenen Kofferraum auf dem Park & Ride gelassen zu haben. Die anwesenden Damen waren alle chic gekleidet, sie trug ihr sportliches Outfit.

Olaf bestellte eine Flasche Wein, und aus der gereichten Speisekarte wählte Mia ein anderes Gericht als Olaf. Während der Wartezeit unterhielt er sie wieder mit Anekdoten aus seiner letzten Anstellung. Mia hörte heraus, dass in diesem Krankenhaus wohl einiges schief gelaufen war.

»So konnte ich nicht arbeiten! Ich bin schließlich ein verantwortungsbewusster Arzt und meine Patienten sind mit nicht egal.«

Dann jedoch sagte Olaf ein paar Worte, die Mia den Geschmack des Essens komplett verdarben.

Der Kellner trat an den Tisch. »Das Zanderfilet?«

Olaf machte eine Geste zu Mia hin. »Das bekommt meine Begleitung.«

♥ 11 ♥

Mühsam hatte sich Mia im Restaurant zusammengerissen. Aber sobald die Tür ihres Zimmers hinter ihnen geschlossen war, brach es aus ihr heraus. »Meine Begleitung! Wie kannst du so etwas sagen?«

Olaf schaute zwar durchaus schuldbewusst, begab sich aber direkt in den Verteidigungsmodus. »Was hätte ich denn sagen sollen? Meine Frau?«

»Quatsch! Freundin hätte gereicht. Begleitung! Das hört sich an, als wäre ich ein Escort-Service!«

»Und? Wäre das so schlimm?«

Mia schnappte nach Luft. »Spinnst du?«

»Das ist doch was total Aufregendes. Und der Kellner hat mich sicherlich beneidet.«

»Ganz toll, Olaf, ganz toll! Und wie stehe ich da?«

Er schwenkte um. »Mia-Maus, es tut mir leid. Das habe ich wirklich nicht so gesehen.« Er zog sie an sich. Mia versteifte sich.

»Ist es so schlimm?«, flüsterte er in ihr Ohr und fuhr mit der Zunge an ihrem Hals entlang. Die Gänsehaut konnte sie nicht verhindern, das bemerkte er natürlich. »Es tut mir total leid. Ich wusste nicht, dass ich dich damit brüskiere. Das nächste Mal sage ich Freundin, wenn dir derart viel daran liegt.«

Mia blieb stumm, aber relaxte etwas.

»Ich verspreche es«, murmelte Olaf. »Ich war gedankenlos. Sei wieder gut mit mir. Hmm, du hast so weiche Haut. Ich bin verrückt nach dir, Mia-Maus.«

Langsam zog er sie aus.

Am kommenden Morgen saßen sie gerade am Frühstückstisch, als Olafs Handy klingelte. Er entschuldigte sich, stand auf und kam erst geschlagene zehn Minuten später zurück.

Mit leisem Bedauern meinte er: »Es tut mir leid, Mia, aber wir müssen nach dem Frühstück abreisen.«

»Warum das denn?« Sie sah ihn entgeistert an.

»Die Klinik. Zwei schlimme Fälle. Ich muss zurück.«

»Schade, da kann man nichts machen.« Die Enttäuschung stand ihr ins Gesicht geschrieben.

»Wir holen das nach. Aber erst einmal frühstücken wir ganz in Ruhe zu Ende.«

Das war gut gesagt, sie hatten schließlich noch gar nicht begonnen! Und wenn es tatsächlich eilig war, warum nahm er sich die Zeit für ein ausgiebiges Frühstück? Andererseits, sie wusste ja nichts von den Einzelheiten des Telefonates.

Olaf ließ sie am Parkplatz raus, nachdem er sie noch einmal intensiv geküsst hatte. »Wir telefonieren.« Mehr sagte er nicht.

Schon fuhr der Wagen vom Park & Ride, sie hatte noch nicht einmal ihr Gepäck verstaut. Daran würde sie sich wohl gewöhnen müssen, sie kannte es auch zur Genüge. Er war eben Chirurg und somit meist erreichbar und für ungeplante Dienste einsetzbar. Außerdem war es ein gutes Zeichen. Er war neu, wurde aber direkt gebraucht. Man schätzte ihn also bereits.

Zu Hause wiederholte sich die Situation wie bei der Abfahrt. Die schwere Tür wurde von innen geöffnet. Zwei schick gekleidete alte Damen sahen sie freundlich an.

»Du bist schon zurück?«, fragte Rose. »Hab ich das missverstanden, wolltest du nicht länger fortbleiben?«

»Ich möchte doch lieber meinen Urlaub nutzen, um die Wohnung noch zu verschönern«, schummelte sie.

Rose sah sie intensiv an. Mia ahnte, dass Rose sie durchschaut hatte.

»Wir gehen zum Kaffeetrinken ins Pfarrhaus«, sprudelte Rabea los. »Einmal monatlich gibt es dort Kaffee und Kuchen. Erst allerdings besuchen wir die Nachmittagsmesse, danach wird es gemütlich. Alle Altersschichten sind vertreten. Magst du mitkommen?«

Mia wiegelte sofort ab. »Ein andermal vielleicht.« Das wär's ja noch! Sie inmitten von Rentnern und Hausfrauen – und einem Pfarrer, der sie womöglich gleich für ein Ehrenamt vereinnahmen möchte.

»Weißt du«, ergänzte Rabea noch, »seit einem halben Jahr haben wir den neuen Pfarrer. Seitdem macht Kirche wieder Spaß. Vorher hatten wir einen ollen trockenen Knochen. Jetzt ist alles lustig und leicht. Die Gemeinde hat erneut stärker zusammengefunden.«

»Das freut mich«, sagte sie, obwohl es sie null interessierte, und drängte sich an den beiden vorbei. »Euch einen schönen Nachmittag!«

Kaum war sie in ihrer Wohnung, schoss sie ans Fenster und sah die Schwestern strammen Schrittes Arm in Arm die Straße hinuntergehen. Was für ein Bild! In dem Alter noch so rüstig, so aufgeweckt – und heute richtig schick!

Dann räumte sie ihre Reisetasche wieder aus und ärgerte sich. Die Teile, die im Kofferraum gelagert hatten, waren zwar ungetragen, aber mittlerweile knubbelig. Die durfte sie jetzt auch noch bügeln!

Das Handy meldete sich, sie hechtete hin, und Enttäuschung machte sich in ihr breit. Sie hatte auf Olaf gehofft, aber es war nur Judith.

»Ich habe gestern mehrfach versucht, dich zu erreichen. Ans Handy bist du nicht gegangen, da hab ich bei dir angeschellt.«

Auweia, ausgerechnet! Judith redete schon weiter. »Ich hab dann bei Rose geklingelt. Sie hat mir erzählt, du seiest verreist.«

»Nur eine Nacht.« Mias Antwort schien nicht auszureichen, denn es blieb erwartungsfroh ruhig, deshalb setzte sie hinzu: »Ich war bei einer Freundin.«

»Hauptsache, es ist alles okay.«

»Ist es.«

Das war halt der Nachteil, wenn man die beste Kollegin in Sichtweite wohnen hatte. Schnell wechselte sie das Thema. »Ist Antje eigentlich aus dem Urlaub zurück?«

»Ja, das ist auch gut so, man sieht sonst kein Land mehr, und ausbaden müssen es letztendlich die Patienten.«

»Und wir, weil wir kaum noch Kraft haben.«

»Du bist ja witzig, du bist doch gar nicht da zurzeit! Aber egal, wir sollten uns einen Seelen-Ausgleich suchen. In diesem Sinne, wie sieht es aus mit

Freitagabend? Kommst du mit ins *Limelight* tanzen?«

»Ich weiß es noch nicht genau«, wand sich Mia. Sie hatte Olaf im Hinterkopf. Sicherlich hätte er am Wochenende ein bisschen Zeit für sie, da wollte sie sich keinesfalls anderweitig verabreden. »Ich muss mal sehen, ich sage dir aber rechtzeitig Bescheid.«

Einen kurzen Augenblick überlegte sie, ob sie Judith von ihrem Ausflug mit Dr. Münstermann erzählen sollte, denn ihre Kollegin war auch offen und ehrlich, was ihre Bewerbung bei Professor Winter betraf. Dieser Gedanke gab ihr Gelegenheit zu einem Themenwechsel. »Du, sag mal, hast du dich denn jetzt bei Professor Winter beworben?«

»Hab ich. Ich rechne mir gute Chancen aus, zumal ich schon einige Klinikprojekte gemeinsam mit ihm gemacht habe.«

Damit hatte Judith natürlich recht. Bei allen medizinischen Veranstaltungen waren die beiden wie ein eingeschworenes Team gewesen. Die gegenseitige Sympathie war spürbar.

»Nächste Woche habe ich ein Vorstellungsgespräch«, berichtete Judith. »Ich bin jetzt schon total aufgeregt.«

Mia seufzte. »Ich weiß gar nicht, ob ich dir Glück wünschen soll. Wenn du die Stelle bekommst, wird es ziemlich trostlos bei uns.«

»Jetzt sieh doch mal nicht so schwarz! Vielleicht wird bald noch eine Stelle frei, dann empfehle ich dich, und wir sind wieder zusammen.«

»Meinst du?« Mia schöpfte Hoffnung.

»Kannst du ein Geheimnis bewahren?«

»Du kennst mich doch. Ich kann schweigen!«

»Ich weiß nicht recht«, foppte Judith sie, »ob ich

darüber reden darf ...«

Mia war augenblicklich ganz Ohr. »Ich sag auch nix. Großes Ehrenwort!«

Könnte Judith sie jetzt sehen, würde sie sich amüsieren.

Mia hibbelte mit dem Telefon hin und her. Ihre Kollegin war von jeher bestens vernetzt, hatte alle Infos immer zuerst, weil jeder ihr vertraute, sich mit allen Sorgen und Neuigkeiten gut bei ihr aufgehoben fühlte.

»Ach komm schon, Judith, bitte!«

♥ 12 ♥

So erfuhr Mia, dass im Klinikbereich von Professor Winter zwei Schwestern schwanger waren. Judith versprach ihr, sollte sie die begehrte Stelle bekommen, für Mia die Fühler auszustrecken und sie zu empfehlen.

Glücklich ließ Mia nach dem Gespräch das Handy sinken. Ihr Chef war zwar ebenfalls umgänglich, aber Professor Winter war der beliebteste.

Das Wichtigste war ihr allerdings die Zusammenarbeit mit Judith.

So glücklich war sie am Spätabend jedoch nicht mehr. Das Handy blieb nach Judiths Anruf stumm. Sie hatte fest erwartet, dass sich Olaf melden würde. Wie hatte er noch gesagt, kurz bevor er sie am Parkplatz absetzte? »Du bist hot, Mia, das sollten wir wiederholen.«

War denn derart viel zu tun auf seiner Station? Sie kannte es doch von ihren Ärzten, zwischendurch blieb immer etwas Zeit, zumindest für eine kurze Nachricht.

Sie nahm das Handy mit ans Bett. Vergeblich.

Der folgende Tag war herrlich sonnig. Sie frühstückte auf ihrer Terrasse, telefonierte mit ihrer Schwester, die in Süddeutschland lebte und ging später – darüber war sie selbst mehr als erstaunt –

rüber zu Rose und Rabea, als sie die beiden alten Damen im Garten erspähte.

Sie hörte einen lautstarken Disput.

»Lass mich doch!« Rabea hatte die Hände in die Hüften gestemmt.

»Nein, du bleibst hier! Jetzt werden die Beete gemacht und basta!« Roses Gesicht verriet Verärgerung. Oh blöd! Ein Schwesternstreit. Leider war es zu spät, jetzt noch den Rückzug anzutreten.

»Guten Morgen«, zwitscherte Mia bewusst fröhlich.

Die Schwestern drehten sich zu ihr um.

»Guten Morgen, Mia, wie fühlst du dich im neuen Heim?« Rabea nutzte die Gelegenheit, die kleine Harke aus der Hand zu legen und die Gartenhandschuhe abzustreifen.

»Bestens! Ich habe gestern noch einiges geräumt, es ist schon richtig wohnlich bei mir. Ich wollte euch für morgen Nachmittag auf einen Kaffee einladen.«

»Wie nett«, freute sich Rose. »Wir bringen dann den Kuchen mit. Die Kirschen sind leider noch nicht reif, aber ich habe tiefgefrorene aus dem letzten Jahr. Ich backe uns einen Kirschstreusel.«

»Echt? Wunderbar! Fühl dich nur bitte nicht dazu verpflichtet, ich kann auch einen Kuchen backen oder ich hole ihn.«

»Kuchen kaufen? Kind, wo denkst du hin? Wir machen alles selbst.« In diesem Augenblick sahen sie, wie sich Rabea ins Haus stahl. Rose seufzte. »Vielmehr ich mache alles allein. Rabea hängt nur noch vor der Kiste. Seitdem sie diesen Kurs *Söörwen für Senioren* absolviert hat, sind ihre Augen quadratisch. Das beste Beispiel siehst du gerade wieder. Sie muss jetzt erst im Internet nachlesen, ob man die Beete idealerweise links- oder rechtsherum harkt.«

Mia klopfte Rose freundschaftlich tröstend auf die Schulter. »Weißt du, eigentlich finde ich es klasse, dass ihr euch ergänzt. Ihr seid beide Fachfrauen auf eurem Gebiet. Rabea weiß sich im Internet zu bewegen und es zu nutzen, und du sorgst für lecker Essen und die Gemütlichkeit. Besser geht doch gar nicht.«

Rose starrte sie an. »Aus diesem Blickwinkel hab ich das noch gar nicht betrachtet.«

»Siehste! Kommt morgen gegen drei rüber. Ich freu mich auf euch.«

Mit bester Laune ging sie zurück, richtete wieder ein paar Kleinigkeiten anders und stand zwei Stunden später zufrieden mitten in ihrem Wohnzimmer. Es ist meins! Ihr Herz hätte vor Freude zerspringen können! Sie ertappte sich erneut bei der Vorstellung, Olaf wäre hier. Sicherlich fände er das Häuschen ebenfalls sehr hübsch. Eine Krankenschwester mit einem eigenen kleinen Haus – naja, gemietet, aber durchaus ihrs.

Doch auch an diesem Tag blieb ein Anruf oder eine Nachricht von Olaf aus. Ihr Stolz ließ es nicht zu, sich zu melden. Sie litt. Da fuhr er mit ihr in ein hübsches Hotel, sie schliefen sogar zweimal miteinander, und dann meldete er sich nicht! Sie konnte das nicht nachvollziehen.

»Der Kuchen ist köstlich.« Mia nahm sich bereits das zweite Stückchen auf ihren Teller. Rose strahlte.

»Deine Butterstreusel sind die besten«, lobte Rabea ihre Schwester.

»Danke, ist aber doch Mamas Rezept, somit uralt.«

Das Gespräch plätscherte dahin, als Rabea plötzlich direkt fragte: »Mit wem warst du denn Anfang der Woche weg?«

Mia verschluckte sich fast, als Rose schon eingriff: »Aber Schwester, das geht uns überhaupt nichts an!«

Genau, hätte Mia am liebsten schnippisch gezischt, doch das erwartungsfrohe und liebe, faltige Gesicht von Rabea Behrens ließ sie innehalten. Das war auch gut so, denn die entschuldigte sich direkt.

»Es tut mir leid, dass ich neugierig war, aber es ist schließlich schön, verliebt zu sein! Und wenn man das bei jemandem bemerkt, darf man sich doch mitfreuen, nicht wahr?«

Aha, die beiden hatten es demnach geschnallt. Sie spürte, wie eine leichte Röte ihr Gesicht hochkrabbelte.

Sie ging zum Gegenangriff über. »Ihr wart nie verheiratet, oder?«

Beide schüttelten unisono den Kopf.

»Es hat sich nicht ergeben.« Rabea schaute zu ihrer Schwester hin, die nickte fast unmerklich.

So begann Rabea zu erzählen. »Weißt du, ich habe mich sehr gut mit einem Schulfreund verstanden. Wir waren schon als Kinder und später auch als Jugendliche ineinander verliebt und wir haben uns gegenseitig versprochen. Da wurde Johann 1944 als Sechszehnjähriger noch eingezogen. Die haben damals vor keinem mehr Halt gemacht.« Sie schluckte.

»Was ist mit ihm passiert?«, fragte Mia, ahnte jedoch die Antwort. Und ihre Vermutung wurde gleich bestätigt.

»Er ist nicht wiedergekommen. Er starb 1947 in russischer Gefangenschaft. Und ich habe so gehofft und gebetet ...« Ihre alte Hand, die die Kaffeetasse hielt, zitterte leicht. Dann straffte sie sich. »Mia, das Erdenleben ist manchmal grausam und ungerecht. Er durfte nicht leben, und ich bin schon uralt geworden.«

»Du hast nie geheiratet?«

»Nein. Ich hatte zwar zwei Beziehungen in späteren Jahren, aber es hat für mich gefühlsmäßig nicht für eine Ehe gereicht.«

Rose lachte auf. »Jaja, meine Schwester Rabea! Als sie die Heiratsanträge bekam, waren ihre kalten Füße vorprogrammiert.«

»Es war eben keiner von beiden der Johann.«

»Das tut mir total leid für dich, Rabea.« Mia sah zu ihr hin, aber Rabea schüttelte den Kopf.

»Muss es nicht. Ich habe mich freiwillig so entschieden. Außerdem hatte ich immer Freude an meinem Beruf als Bibliothekarin. Alles, was mit Lesen zu tun hatte, war und ist meine Leidenschaft. Und als kurz nach unserer Mutter unser Vater starb, bin ich hier ins Elternhaus gezogen.«

Nun war Mia neugierig, was es mit Roses Leben auf sich hatte. »Und du, Rose? Hast du schon hier gelebt, oder ...?« Sie hielt inne.

»Nein, Kind, nein, ich bin erst nach meiner Pensionierung bei Rabea eingezogen. Aber das ist auch bereits mehr als zwanzig Jahre her. Wie doch die Zeit vergeht!« Sie lächelte in sich hinein. »Ich war Lehrerin, musst du wissen.«

In Mias Kopf entstanden andere Bilder der alten Damen, die hier bei ihr saßen. Sie hatte gedacht, beide seien alte Dorfdämchen, die immer in diesem Haus gelebt hatten, einkochten und putzten und ein bisschen merkwürdig waren, mangels Männer in ihrem Leben. Von wegen Arsen und Spitzenhäubchen!

Das bestätigte jetzt auch Rose. »Ich war drei Jahre lang verlobt, die Hochzeit angesetzt, da kam mein zukünftiger Mann bei einem Zugunglück ums Leben. Ich habe oft mit diesem Schicksal gehadert. Alle anderen haben überlebt, nur er musste sterben. Warum? Ich war einige Jahre regelrecht paralysiert. Geholfen hat mir meine Arbeit. Ich war als Lehrerin ständig von Kindern umgeben. Ihre natürliche Art und ihr Lachen haben mich aus manchem Loch geholt. Ich habe später ein paar – wie sagt man heute – verschwiegene Affären gehabt. Das hat mir gereicht, ich war, um es offen zu sagen, körperlich gesättigt. Bis zur Pensionierung hatte ich meine eigene kleine Wohnung. Rabea hat mich dann überredet, zu ihr zu ziehen.« Sie hob beide Hände. »Und nun sitzen wir hier, alt und grau – aber glücklich zusammen als Schwestern.«

»Wir sind froh, dass wir uns haben«, ergänzte Rabea.

Na, von wegen alte Jungfern! Mia leistete im Stillen Abbitte.

Da erreichte sie ein lautes »Hallo, hier seid ihr! Oh, Kuchen! Da ist sicherlich noch ein Stückchen für mich über, oder? Ich hätte richtig Hunger!«

♥ 13 ♥

Judith kam lachend auf sie zugelaufen. Sofort sprang Mia hoch, begrüßte ihre Freundin mit einer Umarmung und organisierte schnell ein weiteres Gedeck.

So saßen die Vier zusammen und erzählten. Rabea hatte in der Zwischenzeit einen selbst angesetzten Likör mitsamt den kleinen passenden old fashioned Gläschen geholt. Sie wollten sich gerade zuprosten, als Herr von Brummer um die Ecke lugte.

»Ah, die Damen beim Kaffeekränzchen.« Begehrlich schaute er auf die verbliebenen Stückchen Kuchen und die Flasche Likör.

»Setz dich zu uns, Magnus«, meinte Rose ohne Umschweife. »Mia, du hast sicherlich noch einen Teller?«

Schon sauste Mia ins Haus. Na klasse! Da wurde eine Einladung in ihren Garten ausgesprochen, ohne dass sie selbst etwas sagen konnte. Aber es war natürlich okay, sie hätte Herrn von Brummer schließlich ebenfalls dazu gebeten.

Genüsslich schob sich Herr von Brummer den soeben ergatterten Kirschstreusel in den Mund. »Rose, Rose, ich glaube, ich muss dich noch heiraten! Deine Kuchen! Hmh ...«

»Was willst du mit einer uralten Schachtel wie mir? Du bist fast zwanzig Jahre jünger«, konterte

Rose und zwinkerte vergnügt mit ihren kohlrabenschwarzen Augen.

Wie schön diese Augen sind in Kontrast zu dem weißen Haar, empfand Mia plötzlich. Ich muss die beiden unbedingt fragen, ob sie Bilder von früher haben. Das interessierte sie auf einmal brennend.

Währenddessen ging die Plänkelei weiter.

»Lass dich nicht auf diese Avancen ein, liebste Schwester. Ich denke, Magnus will dich nur beerben, aber sich vorher noch rund und kugelig futtern, der Schlingel!«

Mia erschrak, aber Rabeas harsche Worte waren nur ein Scherz, denn die drei Senioren lachten herzlich auf.

»Ich höre Gelächter?« Das war die tiefe Stimme von Tilo, der mit Interesse über den Gartenzaun schaute.

Judith winkte ihn sofort heran. »Komm dazu, Holländerchen, hier ist es gemütlich! Es gibt selbstgemachten Johannisbeerlikör.«

»Wenn das kein Angebot ist!« Mit einem Riesensatz sprang Tilo über den Lattenzaun und warf sich auf den einzigen verbliebenen freien Stuhl. »Oh lecker, Kuchen ist auch noch da.«

Ganz unprätentiös nahm er sich ein Stück auf die Hand. »Hmh, unverkennbar Rose. Altes Mädchen, ich würde dich glatt heiraten, wenn ich nicht schwul wäre.«

Wieder Gekicher der alten Damen und dröhnendes Lachen von Magnus von Brummer. Was für eine alteingesessene Mannschaft!

»Wie gemein«, schimpfte Rabea gespielt. »Rose hat heute schon zwei Heiratsanträge bekommen und ich gehe leer aus.«

»Wer ist mein Konkurrent?« Tilo sah in die Runde. »Ich weiß! Magnus natürlich! Wieso bist du eigentlich hier? Heute ist Donnerstag! Du müsstest doch in deinem Garten ganz dringend die Rasenkanten mit der Nagelschere schneiden.«

Und so erfuhr Mia, dass Herr von Brummer, genau wie die Schlunzheimers, äußerst akkurat und in seinen Gewohnheiten recht eingefahren war.

»Man muss feste Rituale im Leben haben«, verteidigte er sich, »sonst zieht der Schlendrian ein.«

»Weißt du, Mia«, erklärte Tilo, »bei ihm traut sich keine Blume, auch nur ansatzweise anders zu wachsen als im Genplan der Pflanze vorgesehen.«

Rabea gluckste, worauf sie ein strafender Blick von Magnus traf.

»Ich bin pensioniert, ich liebe meinen Garten, und ich darf das.«

»Ach, das Grundstück sah vorher auch schon steril ...«, schnell hustete Rabea, »gepflegt aus! Bei uns dürfen sich die Blümchen frei fühlen und in alle Richtungen wachsen.«

»Das steril hab ich gehört«, empörte sich von Brummer.

»Mach dir nichts draus«, Rose lächelte ihn gewinnend an, »du kennst doch meine Schwester. Sie hat den ganzen Morgen vor der Internet-Kiste gehangen, da hat sie enorm *Putt* bekommen, es schwirren zu viele Worte in ihrem Kopf. Da greift sie das Falsche.«

»Input heißt das, Rose, Input«, verbesserte Rabea ihre jüngere Schwester.

»Hier bist du!« Urplötzlich stand Rob vor der kleinen Gesellschaft. »Hab mich schon gewundert, warum du nicht wieder rein kommst.«

Auch er wurde auf ein Gläschen eingeladen und bekam das letzte Stückchen Kirschstreusel.
Gegen sechs saß die Nachbarschaft immer noch wie angewurzelt. Was mache ich nur, wenn Olaf anruft und sich mit mir treffen möchte? Mia war ein bisschen nervös. Aber eine weitere Stunde verging, ohne dass sich ihr Handy meldete.

Zwischendurch ging Mia immer wieder mal ins Haus, um ihr Handy zu checken, sie hätte ja eine Nachricht überhören können. Null, leider.

Judith fiel das natürlich auf. Aber sie sagte nichts, obwohl sie vermutete, dass bei Mia irgendetwas lief. Hoffentlich nicht mit diesem Münstermann, von dem die Krankenschwestern mittlerweile in Horden schwärmten. Angeblich hatte Chrissy etwas mit ihm. Ob das der Wahrheit entsprach? Sie wusste es nicht. Aber nächste Woche, wenn Mia und sie wieder gemeinsam auf Station waren, würde sie es ihr durch die Blume stecken. Sie war gespannt auf Mias Reaktion.

Keiner machte Anstalten zu gehen. Im Gegenteil. Nach und nach holten sie sich Jacken, da es mittlerweile empfindlich kühl geworden war.

Wieder ein wenig später beschloss man, die Kühlschränke zu inspizieren, was man denn für ein gemeinsames Abendmahl zusammenbringen könne. Und wie von Zauberhand fanden sich frisches Brot und Butter, Salami, Schinken, gekochte Eier, verschiedene Käsesorten, Oliven und ein Krautsalat auf dem Terrassentisch. Rob und Tilo kamen mit zwei Flaschen Wein zurück.

Erst gegen zehn neigte sich die spontane nachbarliche Zusammenkunft dem Ende zu, denn Rabea verkündete Müdigkeit.

Die älteren Herrschaften verabschiedeten sich gemeinsam, nur Rob und Tilo blieben noch bei Mia und Judith. Jetzt waren die Themen auch andere und man beschloss, das kommende Fußball-Länderspiel, das man eh schon als Grill-Event nutzen wollte, gemeinsam zu planen.

»Wir haben schon bei der letzten Fußball-Weltmeisterschaft zusammen gegrillt«, erläuterte Rob. »Wir hatten in unserer Garage den Fernseher aufgestellt, eine Biertischgarnitur dazu. Bewährt hat sich, dass jeder zum leiblichen Wohl beiträgt, indem er eine Kleinigkeit zu Essen mitbringt. Tilo und ich sorgen dann für die Getränke.«

Tilo grinste. »Mia, du glaubst gar nicht, wie sich unser dicker Brummer aufregen kann! Er war früher mal Schiedsrichter in der Regionalliga, nimmt somit jede Schieds- und Linienrichter-Entscheidung genauestens unter die Lupe und erklärt uns haarklein die Unzulänglichkeiten der auf dem Rasen mitlaufenden und am Spielfeldrand stehenden Nichtskönner.«

»Manchmal nervt das schon«, ergänzte Rob. »Obwohl, ist teilweise auch ziemlich lustig.«

»Genau. Witzig wird es dann«, mischte sich Judith ein, »wenn die Schlunzheimers mit dabei sind. Ihre einzige Tochter ist nämlich mit einem Torwart aus der Bundesliga verheiratet, und deshalb meint Herr Schlunzheimer, er kenne sich ebenfalls aus.«

»Oha!« Mehr sagte Mia nicht. Aber diesmal erschreckte sie nicht bei so viel geplanter und geballter Nachbarschaft. Sie würde einen Schichtsalat machen und sich dann ganz relaxed dazusetzen.

Ob Olaf wohl Lust hatte, dazuzukommen? Und wieder war er da, der Gedanke an ihn.

Man beschloss, in Kürze noch einmal über das Spiel und die Details zu sprechen.

»Warten wir erst die Wetterprognose ab. Sollte es zu kalt werden, bleiben wir in unserem Wohnzimmer, ansonsten wird die Garage umgerüstet.« Tilo stand auf. »Und jetzt komm, Rob. Ich muss morgen früh raus.«

Judith half Mia, das Geschirr ins Haus zu räumen. »Lass es uns schnell wegspülen. Dann ist alles sauber.«

»Nee, jetzt nicht mehr. Ich habe doch Urlaub. Das mache ich morgen früh in aller Ruhe.«

»Bist du sicher?«

»Ganz sicher.«

So trat auch Judith die wenigen Meter zu ihrem gemütlichen Heim an.

Sofort kontrollierte Mia wieder ihr Handy. Nichts. Rasende Enttäuschung machte sich breit. Sollte sie ... nein!

Am Freitagabend fand sie sich mit Judith im *Limelight* wieder.

Sie hatten Spaß und trafen einige Bekannte. Auf der Tanzfläche verausgabten sie sich. Plötzlich schoss ein Blitz durch ihren Körper, und sie verlor kurz den Takt.

Mia blinzelte. War das Olaf?

♥ 14 ♥

Das im schnellen Rhythmus blinkende Disco-Licht erschwerte ihr die Sicht. Die beiden Männer schienen sich gegenseitig etwas in die Hände zu drücken. Rockende Menschen nahmen ihr den Blick. Ein Versuch, tanzend ein wenig an den Rand zu rücken, scheiterte, dafür war die Tanzfläche zu voll.
Die letzten Takte erklangen, und sie machte ihrem Tanzpartner Zeichen, dass es erst einmal genug sei.

Mia schoss auf die Stelle zu, wo sie Olaf vermutete. Dort standen zwar Personen, aber Olaf war nicht darunter. Sie scannte blitzschnell die Umgebung. Nichts.

Auch den zweiten Mann, der auffällig blond gewesen war, sah sie nicht. Sie lief zum Ausgang. Einige Grüppchen unterhielten sich vor der Tür. Es waren Fremde für Mia.

Einen Moment war sie unentschlossen, ging dann aber wieder hinein und setzte sich an den Tisch.

»Was war das denn?«, fragte Judith mit einer Mischung aus Neugier und Besorgnis. »Wieso warst du draußen?«

»Irgendwie brauchte ich ein paar Atemzüge frische Luft«, schummelte Mia ihre Freundin an.

»Bist du müde?«

»Ein wenig.«

»Wir können auch gern nach Hause fahren. Es

ist«, Judith warf einen Blick auf ihre Armbanduhr, »eh schon zwei.«

»Gute Idee.«

In der kommenden Woche hatten Mia und Judith gemeinsam Dienst, daher nutzten sie auch nur ein Auto.

»Wir sollten uns öfter zusammen eintragen lassen, damit sparen wir eine ganze Menge Sprit.« Nebenbei kontrollierte Judith ihr Handy.

Mia gab an der Ampel wieder Gas, als sie auf Grün umschlug. »Wenn du dich aber auf die Station zum Winter verziehst ...«, ihre Worte bekundeten durchaus Bedauern.

»Ich weiß ja gar nicht, ob ich die Stelle überhaupt bekomme.« Die Anspannung war ihr anzumerken.

»Aber du möchtest sie zu gerne?«

Judith nickte. Mia seufzte.

Der tägliche Arbeitswahnsinn hatte sie schnell wieder im Griff.

Mia war gerade allein im Schwesternzimmer, als Olaf plötzlich vor ihr stand

»Du? Ich habe gedacht, du würdest dich mal melden.« Mia ließ einen leichten Vorwurf mitschwingen.

»Mia-Maus, es war enorm viel zu tun. Außerdem müssen wir doch nicht ständig zusammenhängen. Lass es uns langsam angehen.«

»Aber ein Telefonat ...«

Er unterbrach sie direkt. »Heute Abend? Gegen zehn bei dir?« Seine Frage begleitete ein mörderisch anziehendes Lächeln, und im nächsten Moment hatte er sie an die Aktenablagen gedrückt. Beide Hände befanden sich neben ihrem Kopf, sein Gesicht kam immer näher. »Hm, du duftest gut.«

Mia war es unangenehm, daher duckte sie sich unter seinem Armen hindurch aus der Gefahrenzone. »Nicht hier!«

»Mia, Mia ...«, er zog eine Augenbraue hoch, »die sind doch bei der Visite.«

»Trotzdem. Aber heute Abend ist okay.«

Olaf strich ihr noch einmal über die Wange, dann war er verschwunden.

Sie atmete auf. Nicht auszudenken, wenn das hier einer sah! Solange nichts in trockenen Tüchern war und er sich derart beziehungs-kontraproduktiv verhielt, wie in der letzten Woche, wollte sie die Öffentlichkeit keinesfalls mehr als nötig informieren. In dieser Hinsicht war sie ihm dankbar, dass er sie zu Beginn ein wenig ausgebremst hatte.

Mia sah rechts und links den Gang hinunter. Stille, keiner da. Gut so.

Leider hatte sie doch jemand beobachtet.

Judith zappelte herum. In Kürze war der Vorstellungstermin bei Professor Winter im Büro.
Würde sie diese Stelle bekommen? Sie hatten schon bestens zusammengearbeitet! Gab es tatsächlich eine Schwester, die sie ausstechen könnte? Für Judith war das unvorstellbar. Fachlich dürfte ihr aufgrund ihrer Erfahrungen, besonders in der Projektarbeit gemeinsam mit Professor Winter, keine das Wasser reichen können. Und mit diversen Fortbildungen konnte sie außerdem punkten.

Trotzdem hatte sie am Morgen die doppelte Zeit im Bad benötigt, im Prinzip jeder Wimper einzeln ganz besondere Aufmerksamkeit beim Tuschen gewidmet.

Sie sah auf die Digitalanzeige des Stationstelefons. »Ich muss los. Ich schieße dann jetzt mal eben zum Winter.«

»Viel Glück«, wünschte ihr Mia, »wird schon!«

Man sah der sonst so ruhigen und relaxten Judith die Aufregung an.

Judith war gerade ein paar Schritte Richtung Aufzug unterwegs, als Ringo um die Ecke kam. Er grüßte knapp.

»Heihooo«, kickste Mia, »was guckst du so muffelig?«

Ein vernichtender Blick traf sie. Ringo grummelte sich etwas in den Bart, als er in der Schublade nach einem Kuli wühlte.

»Wie bist du denn drauf? Eine Armada Läuse über die Leber gelaufen?«

»Nö. Nervt nur alles.«

»Solltest du mal wieder etwas anderes machen wollen: Wie wäre es, wenn du mir die letzten Bilder noch an die Wand nagelst?«

»Leider habe ich augenblicklich gar keine Zeit.«

»Muss ja nicht heute sein.«

»Die nächsten Wochen werden schwierig.«

»Dann lass uns einfach telefonieren.«

»Vielleicht«, und damit war er aus dem Schwesternzimmer raus.

Irritiert sah Mia ihm hinterher. Er war doch noch nie ein launischer Mensch gewesen! Ob er wohl sauer war, dass sie ihn das letzte Mal kurz und knapp abgeschmettert hatte? Sie konnte nicht wirklich gut lügen, hatte er es bemerkt?

Dann zuckte sie mit den Schultern. Gut, jeder hat mal seine krusseligen Zeiten.

Und schon wurde ihre Aufmerksamkeit von Arbeit in Anspruch genommen. Sie hatte einen Bericht in der Neuropathologie angefordert, der nicht im System gespeichert war. Normalerweise lief alles papierlos. Mit dem Einscannen des Barcodes sollte es erledigt sein. Jedoch konnte man darauf wetten, dass gerade in einem dringenden Fall die Begutachtung von Operationsmaterial fehlte. So auch hier. Schnell vervollständigte sie die Akte, damit die vorlag, wenn ihr Chef die Visite beendet hatte.

Judith klopfte das Herz bis in den Hals, als sie den Flur der Station von Professor Winter entlang ging. Dieses Mal nahm sie die Umgebung ganz anders wahr. Sie bemerkte die bunten Aquarelle an den Wänden und auch die ungewohnte Ruhe, die hier herrschte. Wäre das ihr zukünftiger Arbeitsbereich?

Und wer hatte sich wohl noch auf diese Stelle beworben? Da Professor Winter sehr beliebt war, würden sicherlich eine ganze Reihe interner Bewerbungen vorliegen. Obwohl sie auch seine Sekretärin recht gut kannte, war ihr diesmal mulmig. Fast zaghaft klopfte sie an die Sekretariatstür.

»Ah, Frau Hohmann! Kommen Sie herein. Mein Chef telefoniert noch. Nehmen Sie ruhig Platz.« Sie machte eine Geste zu einem Besuchersessel hin. »Möchten Sie einen Kaffee?« Sie hielt inne. »Daraus wird nichts, er hat aufgelegt.«

Sie kam hinter dem Schreibtisch vor und öffnete die Tür zu Professor Winters Büro. »Frau Hohmann wäre nun da.«

Von innen hörte sie seine tiefe Stimme. »Immer herein mit ihr!«

Er kam Judith schon entgegen, lächelte sie in seiner typisch sympathisch-verbindlichen Art an und schloss direkt die Tür.

Judith sah sich um. Keiner da? Wo war denn der Mitarbeiter aus der Personalabteilung? Auch fehlte die Abordnung des Personalrates und des Betriebsrates, die sonst bei Bewerbungsgesprächen immer dabei waren.

Verunsichert nahm sie Platz, als Professor Winter sie an den Besprechungstisch bat.

»Sie wundern sich sicher, dass keiner der üblichen Aspiranten des Verwaltungsmolochs hier zugegen ist, nicht wahr?«

Judith nickte.

»Ich wollte erst mit Ihnen allein sprechen, Frau Hohmann, um Ihnen Gelegenheit zu geben, Ihre Bewerbung zurückzuziehen, da ich zu dem Schluss gekommen bin, Ihnen diese Stelle nicht anzubieten.«

♥ 15 ♥

Mia ging allein in eine kurze Pause, da Judith noch nicht zurückgekehrt war.

»Sagst du ihr Bescheid, Antje, dass ich schon vorgegangen bin?«, rief sie ihrer Kollegin zu, die die kleine Auszeit für sie übernahm.

Doof, empfand sie. Alleine ging sie nicht gerne. Aber es half nichts. Vielleicht nahmen die Judith da oben richtig in die Mangel. Trotzdem war es eine ungewöhnlich lange Zeitspanne für eine interne Bewerbung.

Zuerst saß sie allein an einem Tisch, dann kam Chrissy dazu. Sie sprühte vor guter Laune und Energie.

»Du hattest wohl ein schönes Wochenende, wie?« Mia war neugierig.

»Und wie!« Dann beugte sich Chrissy ein wenig über den Tisch und flüsterte: »Ich bin total verknallt.«

»Erzähl! Wer ist der Glückliche?« Mia betrachtete das strahlende Gesicht.

Doch Chrissy kam nicht mehr dazu, Intimes auszuplaudern, da zwei weitere Schwestern ihre Kantinen-Tabletts geräuschvoll auf dem Tisch abstellten.

Erstaunt erfuhr Mia nun das erste Mal hinter vorgehaltener Hand, dass es anscheinend auf der Station von Professor Winter zu Unregelmäßigkeiten gekommen war. Genaueres allerdings wussten die beiden Schwestern auch noch nicht.

»Nur Gerüchte«, flüsterte eine, »aber wir bleiben dran! Meist ist ein Körnchen Wahrheit dabei, wenn so was in Umlauf kommt.«

Mia und Chrissy hatten ihr Essen beendet und brachten die Tabletts zurück. Auf dem Flur konnte Mia ihre Neugier nicht mehr weiter zurückhalten. »Du bist also verliebt! Wer ist es denn?«

Da plötzlich verschloss sich Chrissy. »Du, heute habe ich es ziemlich eilig. Ich berichte dir das nächste Mal. Tschüss dann.« Sie drehte sich um und lief Richtung Treppenhaus. Sie war eine von den gesundheitsbewussten Schwestern, die den Aufzug mieden, wenn möglich.

Auf ihrer eigenen Station zurück, bekam Mia von Antje die Info, dass Judith zwar zurückgekommen sei, sich jedoch für den Nachmittag krank gemeldet hatte, da sie rasende Kopfschmerzen bekommen hätte. »Du hast sie knapp verpasst.«

Oha! Da ist wohl einiges schiefgelaufen, befürchtete Mia, behielt es aber für sich.

»Na, dann müssen wir jetzt schneller sein«, sagte sie stattdessen zu ihrer Kollegin. Und sie fragte sich, wie sie wohl nach Hause gekommen war, ohne Auto. Gab es überhaupt eine Busverbindung ins Alte Land?

Später schrieb sie ihr eine WhatsApp und fragte nach, wie es ihr ging, und was denn die Bewerbungsrunde ergeben hätte. Aber sie bekam, genau wie von Chrissy, nur eine ausweichende Antwort.

Nicht böse sein, ich möchte jetzt nicht reden. Wir sprechen morgen darüber.

Über diese Antwort ärgerte sich Mia ein wenig, vergaß es aber auch schnell, da die Arbeit sie überrollte – und sie die Nacht mit Olaf vor Augen hatte.

Frisch geduscht und aufgehübscht wartete sie auf ihren Schwarm. Es war schon Viertel nach zehn, immer noch kein Olaf da. Normalerweise hörte man abends jeden Wagen deutlich, der die kleine Straße befuhr. Deshalb erschrak sie, als die Türglocke läutete.

Vorsichtig öffnete sie nur einen Spalt. Olaf stand davor. »Hey, was ist los? Willst du mich nicht reinlassen?«

»Doch doch«, schnell zog sie die Haustür weit auf, »ich habe nur kein Auto gehört. Wo hast du denn geparkt?«

»Eine Straße weiter.«

»Warum? Ich habe dir doch gesagt, dass wir genügend Platz haben, weil außer den Anwohnern niemand sonst hier parkt.«

»Schon, aber wir wollen die Nachbarn nicht unbedingt neugierig machen, oder?«

»Wäre das schlimm, wenn dich einer sieht?« Mia war irritiert. So konspirativ brauchte man sich ja nicht verhalten! Irgendwann kam ihre Beziehung allemal ans Tageslicht.

Aber sie bekam keine Antwort, dafür einen zärtlichen Kuss.

Olaf inspizierte ihr kleines Häuschen. »Für eine Krankenschwester nicht schlecht.«

»Was meinst du denn damit?« Mia spürte eine Welle der Enttäuschung.

»Nun, es ist wirklich nice.« Er warf einen Blick aus dem Fenster in die Dunkelheit. »Hier sieht man ja absolut nichts.«

»Und es ist eine himmlische Ruhe im Gegensatz zur Stadt.«

»Ich sehe, du hast eine gemütliche Couch.« Er warf sich darauf, legte die Füße hoch und breitete die Arme aus. »Komm!«

Das ließ sich Mia nicht zweimal sagen. Der Abend endete natürlich in ihrem Bett. Diesmal war es deutlich schöner. Er nahm sich Zeit und Mia schlief später glücklich in seinem Arm ein.

Durch Rascheln wurde sie geweckt. Sie schaute mit halb geschlossenen Augen auf ihren Funkwecker. Kurz vor fünf. Olaf saß auf der Bettkante. Sie stützte sich auf dem Arm ab und blinzelte.

»Was machst du? Kannst du nicht schlafen?«

»Ich muss los.« Er zog sich die Socken an, die gestern Abend achtlos vor dem Bett gelandet waren und schlüpfte dann in seine Jeans.

»Jetzt schon?«

»Ich will erst noch nach Hause, bevor ich in die Klinik fahre.«

»Ich denke, du hast heute frei, hast du gesagt.«

Einen kleinen Augenblick stutzte Olaf. »Schon, aber ich will mich um einen besonderen Patienten kümmern, eben mal vorbeischauen.«

Das fand Mia richtig gut. Ein Arzt, der sich intensiv um seine Patienten kümmerte.

Sie stand auf, warf sich ihren Morgenmantel über. »Möchtest du auf die Schnelle noch einen Kaffee?«

»Nein danke.«

Dann wagte sie noch einen Vorstoß. »Möchtest du nicht doch kommen, wenn wir hier gemeinsam das Fußballspiel schauen?«

Seine Stimme bekam eine schneidende Tonlage. »Mia! Ich habe dir schon gesagt, das geht nicht. Wahrscheinlich habe ich sowieso Dienst. Ein Kollege möchte tauschen. Ich glaube mich zu erinnern, dass dies der Tag ist.«

Damit war die Sache vom Tisch und Mia total enttäuscht. Es wäre schließlich schön gewesen, wenn sie ihn zu dieser Gelegenheit hätte vorstellen können.

Er hauchte ihr einen Kuss auf den Mund. »Bis bald.«

»Du, was heißt denn bis bald? Kommst du heute Abend wieder?«

»Nee, bis hier raus ist es zwar nicht wirklich weit, aber in dieser Woche ist es terminlich echt eng bei mir.«

»Am Wochenende?« Sie sah ihn mit großen Augen an.

»Ja, das halten wir mal fest, meine Mia-Maus.« Mehr sagte er nicht, küsste sie jetzt doch noch einmal ganz liebevoll zum Abschied – und schon war er raus. Schnellen Schrittes lief er durch den Garten. Noch einmal sah er sich um und winkte ihr lächelnd.

Rose stand am Fenster und betrachtete sein Gesicht, als er vorbeihuschte.

Sie sah einen attraktiven Mann. Aber sie entdeckte in seinen Zügen noch etwas: Egoismus und eine gewisse Rücksichtslosigkeit.

Greifen und begründen konnte sie diese Eindrücke, die sie von fremden Menschen hatte, nie. Auf ihre Menschenkenntnis jedoch war Verlass.

♥ 16 ♥

Noch jemand war an diesem Morgen wach. Judith stand mit einer Tasse Tee in der Hand am Fenster und sah in die Morgendämmerung hinaus. Plötzlich stutzte sie, als sie eine Bewegung auf der sonst ruhigen, menschenleeren Straße wahrnahm.

Sie sah einen Mann, aber er war bereits aus ihrem Blickfeld verschwunden, ehe sie intensiver schauen konnte. Wies der eine gewisse Ähnlichkeit mit dem eingebildeten Münstermann auf? Jetzt dachte sie schon hier an diesen Kerl!

Das war sicherlich gerade eine frühmorgendliche Fata Morgana! Oder sollte Mia etwa ...? Nein, unmöglich. *Das* hätte sie ihr in jedem Fall gesagt. Sie hatten keine Geheimnisse voreinander. Und deshalb musste sie Mia heute auch von dem Gespräch mit Professor Winter berichten, dass ihr einen Teil des gesunden Nachtschlafes geraubt hatte.

Was war sie gestern aufgeregt gewesen! Das kannte sie von sich selbst eigentlich gar nicht mehr. Der Stations-Alltag hatte sie in den letzten Jahren deutlich relaxter werden lassen. Was waren kleine Nöte von gesunden Menschen schon gegen die existenziellen Ängste, die ein kranker aushalten musste? Und ihre Station betreute Menschen, die den Rest ihres Erden-Daseins mit einer heimtückischen Krankheit sowie ständigen Sorgen im Gepäck leben mussten.

Natürlich würde sie ihre Bewerbung zurückziehen. Das ging gar nicht anders!

Wie umsichtig von ihm, sie vorab zu einem Gespräch zu bitten, damit sie ihr Gesicht nicht verlor, hatte sie gedacht, als er ihr verkündete, sie würde den Job nicht bekommen.

Die Gedanken waren zu Tausenden in Schallgeschwindigkeit in ihrem Kopf rotiert. Was hatte sie bei den gemeinsamen Symposien denn falsch gemacht? Er war doch immer zufrieden gewesen. Hatte sie sich etwa getäuscht, Kleinigkeiten übersehen oder Äußerungen der Kritik überhört? Am liebsten hätte sie sich unverzüglich in ein Loch eingebuddelt, als ihr die ganze Tragweite seiner Mitteilung, er werde ihr die Stelle nicht anbieten, bewusst wurde. Würde sie es, ohne in Tränen auszubrechen, durch das Sekretariat in den Aufzug schaffen?

Sie versuchte tapfer, die ersten aufkommenden Tränen wegzuschlucken. Wo sie hinsehen sollte, wusste sie auch nicht. So rieb sie sich verlegen die Finger und bemerkte, dass Professor Winters Blick auf ihr ruhte. Das potenzierte ihr Entsetzen nochmals.

Judith entschied sich, die Flucht nach vorne anzutreten. »Ich ziehe die Bewerbung direkt zurück.« Ihre Stimme zitterte. Sie schaffte es nicht, diesen so attraktiven älteren Mann anzusehen, der ihr gerade einen Korb gegeben hatte. Wie gern hätte sie in seinem Dunstkreis gearbeitet. Wenn er wüsste, wie oft sie sich schon vorgestellt hatte, dass er und sie ... husch! Weg mit den Gedanken! Wie naiv sie gewesen war!

»Danke, dass Sie mir das hier ermöglichen. Von

meiner Bewerbung wissen nur wenige, deshalb ...« Sie hielt mitten im Satz inne und stand auf.

Dann allerdings packten sie der Ehrgeiz, die Neugier und die nackte Enttäuschung. »Was habe ich denn eigentlich falsch gemacht? Ich behaupte von mir, ich bin eine hervorragende Krankenschwester. Ich scheue keine Arbeit, bilde mich gerne weiter, mein Beruf ist auch ein Stück weit meine Leidenschaft.«

Sie holte Luft, um dann zu empfinden: Och nee, ich rede einen Scheiß! So winkte sie resigniert ab »Vergessen Sie's« und ging hastig Richtung Tür. Bevor ich hier zusammensacke, befürchtete sie, und er mich wiederbeleben muss.

»Um Gottes willen! Bleiben Sie bitte hier!« Professor Winter sprang hinter seinem Schreibtisch auf und kam auf Judith zugeeilt. Er nahm ihre Hände und führte sie zu ihrem Stuhl zurück. Nur widerwillig setzte sie sich wieder.

Seine Berührung elektrisierte sie bereits.

Verdammt, wo soll das hier hinführen? Ich darf ihm in Zukunft nicht nahe sein, aber er wäre *der* Mann für mich! Wenn schon nicht privat, dann eben zwischen acht bis zehn Stunden täglich – mehr Zeit, als manche Ehefrau mit ihrem Mann verbrachte. Doch auch diese Möglichkeit hatte er ihr mit wenigen Worten genommen.

Sie nahm sein herbes Parfüm wahr, das kannte sie. Er schien ständig dasselbe zu benutzen ... ich muss hier raus! Erneut stand sie auf.

»Liebe Frau Hohmann, ich bin noch gar nicht dazu gekommen, Ihnen etwas zu erklären, beziehungsweise Sie um etwas zu bitten.«

Das konnte doch wohl nicht sein! Als fähige

Krankenschwester wollte er sie nicht, aber erwartete einen Gefallen von ihr? Judith war nunmehr völlig von der Rolle. Wie sollte sie jetzt reagieren? Aber diese erschreckende Situation, die ihr elend lange vorkam, jedoch in der Realität nicht mal eine Minute gedauert hatte, wandelte sich. Es klopfte und seine Sekretärin balancierte ein Tablett hinein.

»Kaffee und viel Milch, nicht wahr?«, lächelte Professor Winter.

Fast mechanisch lächelte Judith zurück und nickte nur. Sie hielt den Kopf ein wenig zur Seite abgewandt, damit seine Sekretärin ihre nervenzerreißende Situation nicht wahrnahm und atmete flach. Aber wahrscheinlich bemerkte sie es trotz allem, sie war schließlich eine Frau. Dann war sie auch schon wieder verschwunden.

»Liebe Frau Hohmann«, begann Professor Winter, »unser Gespräch wird ab jetzt sehr privat.«

Judith sah in verständnislos an. Sie mochte diesen Blick aus seinen warmen dunkelblauen Augen, die in anregendem Kontrast zu dem grauen Haar standen.

»Wie Sie selbst gesagt haben, wir haben oft mehr als gut zusammengearbeitet. Ich glaube sogar, wir sind uns beide sehr sympathisch.«

Judith sagte nichts. Wo führte das denn jetzt hin?

»Kurz und knapp«, allerdings spürte Judith einen Hauch Verlegenheit bei ihm, »ich würde Sie gerne am Wochenende zum Essen einladen, um Sie näher kennenzulernen.«

Judith blieb weiterhin stumm.

»Wenn Sie ablehnen, wäre ich persönlich schon getroffen, aber verstehe es durchaus. Deshalb habe ich auch diese halb-offizielle Möglichkeit genutzt, damit sie mir hier ohne Umschweife sagen können, Sie möchten das nicht.«

»Ich ... also ... ja«, stammelte Judith.

»Wie verstehe ich das? Sie gehen nicht mit mir aus?«

»Nein ... ja ... doch … ich gehe gerne mit Ihnen aus.«

Die Erleichterung sah man Professor Winter an. Er lächelte, und um seine Augen prägten sich die Fältchen aus. »Darf ich Sie dann am Freitagabend in einen gemütlichen Landgasthof im Alten Land entführen?«

»Meinen Sie das Lokal direkt am Deichwanderweg?«

»Genau. Ich gehe dort des Öfteren essen. Wenn Ihnen die Lokalität allerdings nicht zusagt, dann können Sie natürlich gern ein Restaurant auswählen.«

»Ich wohne zwar in der Nähe, bin aber noch nie dort gewesen. Allerdings habe ich schon viel Positives gehört.«

»Schön, damit passt es doppelt. Ich weiß natürlich, dass Sie im Alten Land daheim sind.«

»Woher?«

Nun lachte Professor Winter auf. »Sie haben es mir beim letzten Symposium selbst erzählt.«

Judith erinnerte sich. Sie hatten über Kirscheis gesprochen, das dort unter anderem kredenzt wurde. Bei dieser Gelegenheit hatte sie von ihrem Wohnort geschwärmt, die Kirschernte war nämlich dort in vollem Gange. Für sie nach der berauschenden Blütezeit die schönsten Wochen des Jahres.

Judith hob den Zeigefinger. »Stimmt auffällig.«

Darf ich Sie abholen?«

Sie tauschten ihre privaten Telefonnummern und dann verließ Judith sein Büro. Seiner Sekretärin lächelte sie freundlich zu und bedankte sich nochmals höflich für den Kaffee. Sie wurde, wenn auch wohlwollend, gemustert. Wusste die Mitarbeiterin von der Einladung? Seit vielen Jahren war sie seine Vertraute, das war Judith klar. Egal, jetzt erst einmal durchschnaufen.

Als sie vor dem Aufzug wartete, fiel die ganze Anspannung von ihr ab. Irgendwie war ihr blümerant. Was für eine Gefühlsachterbahn in nur wenigen Minuten! Sie lehnte den Kopf mit der Stirn wie erschöpft an den kühlen Rahmen des Fahrstuhls, als Chrissy um die Ecke kam.

»Judith! Du hier? Geht es dir nicht gut?« Besorgt sah sie ihre Kollegin an.

Fieberhaft suchte Judith eine Ausrede. »Ich habe eine Bekannte hier liegen, die ich für ein paar Minuten besucht habe«, fiel ihr ein. »Allerdings kämpfe ich schon den ganzen Morgen mit hässlichen Kopfschmerzen.«

Das schien Chrissy auszureichen. »Ich fahre mit dir.«

»Du strahlst richtig«, sagte Judith eigentlich eher, um nette Konversation zu machen.

»Jaaa ...« Chrissys Gesicht glühte förmlich, »ich erzähle dir was, aber versprich mir, es niemandem zu sagen.«

♥ 17 ♥

Vielleicht war das Geheimnis, das Chrissy ihr gestern anvertraut hatte, der Grund, warum ihr bei der eben nur schemenhaft gesichteten Person auf der gegenüberliegenden Straße sofort dieser Münstermann in den Kopf kam.

Sie nahm noch einen Schluck Tee, stellte die Tasse auf ihren Tisch und begab sich ins Bad. Heute ging sie selbstverständlich wieder arbeiten, aber gestern war ihr das nach diesem Gefühls-Karussell nicht mehr möglich gewesen. Das erste Mal in ihrem Berufsleben hatte sie etwas völlig aus der Bahn geworfen, und sie sah sich außerstande, weiterzuarbeiten.

Es war auch das erste Mal, dass sie den Bus für den Heimweg nahm. Das war richtig entspannend gewesen, sich von Haltestelle zu Haltestelle bis nach Hause schaukeln zu lassen. Sie war natürlich länger unterwegs gewesen, aber es hatte sich gelohnt. Sie hatte Dinge gesehen, die ihr vorher mit dem Auto noch nicht aufgefallen waren, und sie war durch Gegenden gekommen, die sie unbedingt noch erkunden musste.

Aber heute kehrte sie mit Elan an ihren Arbeitsplatz zurück. Was würde Mia mit ihrer eingefahrenen, manchmal schrecklich konservativen Einstellung dazu sagen?

Mensch, nun musste sie bis Freitag warten, bis sie Professor Winter traf! Was sollte sie anziehen? Wie lief der Abend überhaupt ab? Oh, diese Aufregung!

Judith fand sich laut singend unter der Dusche wieder.

Auf der gegenüberliegenden Straßenseite bediente Mia ihre Kaffeemaschine. Sie konnte, nachdem Olaf so hastig aufgebrochen war, nicht mehr schlafen und stand auf. Ich werde mich halt später noch ein bisschen hinlegen, dachte sie.

Nicht nur, dass sie Judith gestern nicht mehr gesehen hatte, da es ihr anscheinend nicht gut ging, sie erfuhr auch, dass Nachtschwester Eva ausfallen würde, da ihre Mutter schwer erkrankt war. So hatte sie, als sie von Eva telefonisch aufgeregt gefragt wurde, sofort zugesagt, die Nachtschicht für die komplette Woche zu übernehmen. Mal ein paar Stunden am Tag frei haben, um ihr kleines Stückchen Garten zu genießen, war gar nicht schlecht. Eva hatte ihr außerdem schon so manchen Gefallen getan.

Der Kaffee duftete und mit Lust trank sie die ersten heißen Schlucke. Sie war mit Olaf zusammen! Wenn das bekannt wurde, wie würden die Kollegen reagieren? Aber sie gab Olaf recht. Diese Info konnte noch etwas warten. Er war schließlich erst kurz an ihrer Klinik. Besser nichts überstürzen. Nur wie sollte sie sich Judith gegenüber verhalten? Es ihr unter dem Siegel der Verschwiegenheit berichten?

Mias Handy piepte. Es war eine Nachricht von Judith, die sie informierte, dass sie ihren Dienst wieder antreten würde.

Es geht wieder gut. Heute fahre ich. Du kannst die Landschaft genießen.

Mia schrieb zurück: *Komme nicht mit* und berichtete von ihrem für Eva übernommenen Nachtdienst.

So passierte etwas unter den beiden Freundinnen völlig Unnormales. Judith erwähnte nichts von dem Vorstellungsgespräch und der Einladung, und Mia gab ihr Geheimnis mit Olaf nicht preis.

Beide dachten ähnlich. Das kann warten, bis wir uns persönlich sehen.

Und da sie sich privat aufgrund der unterschiedlichen Schichten nicht begegneten, verging die Woche, ohne dass sie noch einmal Kontakt hatten.

Beide fieberten auf das Wochenende hin, doch nur für eine sollten es zwei gelungene freie Tage sein.

Mia sprach Ringo nochmals wegen der Bilder an. Innerhalb der Woche kam Olaf ja nun nicht, sie hatte Zeit. Überraschenderweise lehnte er jedoch erneut ab.

»Tut mir leid, aber augenblicklich geht es wirklich nicht. Vielleicht gibt es wen anders, der dir helfen kann.«

In den folgenden Tagen bemerkte sie durchaus, dass er ihre Nähe mied, die er sonst stets gesucht hatte. Auch die kleinen Plänkeleien und Scherze waren auf ein Minimum reduziert. Mia empfand das zwar als komisch, sprach ihn aber nicht direkt darauf an, weil sie sich aufgrund der verschiedenen Schichten eh nur kurz sahen.

Auf der anderen Seite, derart nötig hatte sie seine Hilfe nicht. Olaf kam am Wochenende, ganz unbeholfen in punkto Bilder würde er hoffentlich nicht sein. Wer operieren kann, wird auch ein Bild aufhängen können.

Olaf hatte sich für Samstag angesagt. Zwar erst am Abend, aber das war Mia egal. Sie fieberte darauf hin.

Als es am Freitagabend überpünktlich bei Judith klingelte, öffnete sie mit lange nicht gekannter Aufregung und Freude. Ihr Herz begann rasant zu klopfen, sie hatte ganz vergessen, wie gut Professor Winter ohne weißen Arztkittel aussah. Er war freizeitmäßig salopp, aber trotzdem schick gekleidet.

»Bin ich zu früh?«, fragte er mit einem Blick auf seine Armbanduhr.

»Keineswegs, ich habe mich schon riesig gefreut«, antwortete sie wahrheitsgemäß.

Da der Weg zum Restaurant nicht weit war, entschlossen sie sich, ihn zu Fuß zurückzulegen.

Wie berauscht ging Judith neben ihrem Schwarm her. Und natürlich war ausgerechnet Magnus von Brummer im Garten, der sie natürlich mit einem Schwätzchen aufhielt. Judith eiste sie beide los und entschuldigte sich mit schlechtem Gewissen.

»Herr von Brummer ist immer überaus neugierig. Er ist ehemaliger Kriminalbeamter.«

»Na dann liegt es ja in seiner Natur. Das kann man mit der Pensionierung schließlich nicht abschalten. Ich fand ihn übrigens sehr nett«, meinte Professor Winter relaxed.

»Und er hat die Info bekommen, die er haben wollte.«

»Ist doch nicht schlimm, oder, wenn ich ihm sage, dass ich mit einer Kollegin ausgehe?«

»Kollegin ist gut!« Judith schüttelte den Kopf.

»Ich würde mich niemals mit Ihnen beruflich auf eine Stufe stellen, Professor Winter.«

»Da Sie mich nicht vorgestellt haben ...«

»Oh ...«, erst jetzt wurde Judith ihre Unhöflichkeit bewusst. »Ehrlich gesagt, ich wollte vermeiden, dass der liebe Herr von Brummer gleich die ganze Nachbarschaft informiert. In Kürze haben wir hier nämlich ein Nachbarschaftstreffen zum Länderspiel. Und wie ich ihn kenne, kippt er diese Neuigkeit sofort auf den Tisch.«

»Von mir aus kann jeder wissen, dass ich Sie zum Essen eingeladen habe. Ich bin schließlich stolz darauf, dass Sie mit mir ausgehen.«

Nie hätte sie gedacht, dass er derart natürlich mit der Fragerei von Herrn von Brummer umging. Er bot ihr seinen Arm und sie hakte sich ein. Ich glaub, ich träume und muss mich kneifen, dachte Judith überglücklich, als er sie erneut überraschte.

»Gemeinsames Fußballgucken? Oh, das finde ich klasse. Bei mir in der Nachbarschaft gibt es das nicht. Sie müssen wissen, ich habe eine Eigentumswohnung nahe der Klinik. Da ist dann doch jeder eher für sich. Man grüßt sich im Treppenhaus, wenn man sich sieht, aber das war es auch schon.«

»Hier ist es anders«, berichtete Judith. »Jeder hilft jedem und wir mögen uns alle recht gern, ganz egal, ob alt oder jung. Es ist eine schöne Gemeinschaft. Allerdings bleibt auch nichts lange verborgen. Und damit muss man umgehen können.«

Sie hatten das alte Landgasthaus erreicht und wurden an einen bereits eingedeckten Tisch geführt. Schnell waren sie beim Du.

»Ich heiße Hans-Joachim«, sagte Professor Winter, als er ihr zuprostete und ihr über den Tisch einen Wangenkuss aufhauchte, »aber mir ist Jo lieber.«

»Okay, Jo.« Judith war eine freudige Röte ins Gesicht gestiegen. »Ich heiße Judith. Mich kürzt allerdings keiner ab.«

»Judith ist ja auch ein sehr schöner Name. Aber Jo und Ju wären gut!« Er lachte vergnügt.

Es gab im Verlaufe des Abends wirklich keine Minute, in der sie sich nichts zu sagen hatten, sie teilten traurige wie lustige Momente.

Jo erzählte Judith von seiner Frau, der Scheidung, das Einbuddeln in ein Gefühlsloch und das langsame wieder Herauskrabbeln.

»Ich bedaure es heute sehr, dass wir uns damals gegen Kinder entschieden haben. Leider lag es ehrlicherweise an mir. Die Karriere ...«, er drehte gedankenvoll sein Wasserglas.

Judith beantwortete das ganz unprätentiös. »Und ich bin erst gerade mal dreißig, aber weiß gar nicht, wie ich, mangels Mann, überhaupt an ein Kind kommen soll.«

Da zwinkerte Jo. »Das ließe sich schnell ändern.« Das war jedoch mehr gemurmelt, und Judith war sich gar nicht sicher, ob sie das akustisch wirklich richtig verstanden hatte, deshalb kommentierte sie es nicht. Somit verließen sie dieses Thema und widmeten sich einem anderen.

Die Zeit flog nur so dahin, und schon befanden sie sich wieder auf dem Heimweg.

Judith quälten Entscheidungsgedanken. Wie sollte sie sich gleich verhalten? War der obligatorische Kaffee die richtige Option, oder lieber doch eine vornehme Verabschiedung? Es war schließlich ihr erstes Treffen. Auf der anderen Seite hatten sie bis jetzt einen wunderbaren Abend verbracht. Es wäre schade um den Rest der Nacht – und das wegen irgendwelchen Konventionen, denen man Genüge tun sollte? Nein! Für wen auch?

Der Mann, den sie seit rund drei Jahren anschmachtete, hatte sie eingeladen und schritt nun neben ihr her.

Judith fasste einen Entschluss. Mein Leben beginnt vielleicht erst jetzt, wenn ich einfach mutig etwas riskiere, wenn ich es wage, meine bisherigen Träume zu verwirklichen. Mach es! Tu es! Trau dich! Eine innere Stimme schien sie anzufeuern.

Und so fasste sie sich ein Herz. »Kommst du noch mit zu mir, Jo?«

»Zu gern«, war die einfache, aber klare Antwort.

Als sich die Haustür hinter ihnen und der Nacht schloss, begann für zwei verliebte Herzen eine neue Zeitrechnung.

Langsam und vorsichtig näherten sie sich an. Jo gestand ihr, dass er schon lange in sie verliebt sei, es aber aufgrund des großen Altersunterschiedes nicht wahrhaben wollte und sich letztendlich auch nicht getraut hatte, einen ersten Schritt zu tun – bis ihre Bewerbung eintrudelte.

»Da habe ich mir gedacht, jetzt oder nie! Dich den ganzen Tag vor Augen haben und womöglich mitbekommen müssen, wie du heiratest ... das wäre Quälerei gewesen, und die brauche ich nicht mehr in meinem Leben. Du glaubst gar nicht, wie aufgeregt ich war. Ich stand, als du bei mir im Büro warst, kurz vor dem Kammerflimmern.«

»Dafür hast du dich aber cool gegeben.«

»War ich aber keineswegs. Ich wusste schließlich nicht, wie du reagierst. Ich wollte, dass wir beide einigermaßen unbeschädigt aus der Situation rauskommen, wenn du mich nicht willst.«

»Ich habe doch aber stets gezeigt, dass ich dich mag.«

»Zwischen mögen und lieben besteht ein gravierender Unterschied. Da ist das Herz der Multiplikationsfaktor. Und der muss auf Hundert sein.«

»So kann auch nur ein Herzchirurg sprechen.« Sie stellte sich auf Zehenspitzen und gab ihm einen federleichten Kuss auf den Mund.

Jetzt war das Eis gebrochen. Jo zog sie in seine Arme.

Sie gestanden sich gegenseitig, ein wenig aus der Übung zu sein.

Jo meinte allerdings augenzwinkernd, er könne dieses Manko garantiert erst einmal durch Ausdauer inklusive Zärtlichkeit wettmachen. Da schmolz Judiths Herz vollständig dahin.

Ein glückliches neues Paar schlief am frühen Morgen eng umschlungen ein.

Mia kam von der letzten Nachtschicht der Woche nach Hause. Irritiert betrachtete sie den Wagen der Luxusklasse am Straßenrand. So viel hatte sie hier von der Nachbarschaft schon gelernt: Jede Veränderung fiel einem einfach ins Auge! Wer hatte denn da Besuch? Genau zuordnen konnte sie es nicht, da er halb an der Grundstücksgrenze von Judiths Vermieterin und halb an der von Herrn von Brummer stand. Irgendwie kam ihr der Wagen jedoch bekannt vor. Ach egal, sie war todmüde und sehnte sich nach ihrem Bett.

Diese Schicht war der nackte Horror gewesen! Zwei Patienten benötigten intensive Betreuung. Und wie konnte es anders sein? Ein Zimmer lag am Anfang des Flures, das andere dem Ende zu. Heute Nacht war sie mehr oder weniger einen Halbmarathon gelaufen.

Aber viel schlimmer war die Tatsache, dass eine dritte Patientin überraschend verstorben war. Sie hatte Mia noch angelächelt, als sie ihre Runde drehte, um alle Patienten am Abend zu begrüßen. Als sie um zwei nach ihr schaute, war sie bereits tot. In der Hand hielt sie ein halb ausgepacktes Täfelchen Schokolade.

Selbst an einen friedlichen Tod konnte sich Mia nicht gewöhnen, obwohl er durchaus zu ihrem Beruf dazugehörte. Danach war sie geistig einfach fertig, als würde ihr der Kopf mit dem Verarbeiten dieses Geschehens auch die motorische Kraft und Energie rauben.

Im Bad warf sie ihre Kleidung unachtsam von sich und stellte sich unter die heiße Dusche, als könne sie die Beschwernis der vergangenen Nacht von der Haut waschen. Dann schlüpfte sie erschöpft ins Bett und schlief sofort ein.

Das Handy klingelte. Einen kurzen Moment brauchte Mia, um wach zu werden, dann tastete sie nach dem Gerät auf ihrem Nachttisch. Mit nur einem Auge schielte sie auf das Display.

Und tatsächlich, die lang ersehnte Nachricht war von Olaf. Endlich! Schon saß sie freudig aufrecht im Bett, um die Mitteilung zu lesen, wann er denn bei ihr sein würde.

♥ 18 ♥

Das konnte doch jetzt nicht wahr sein! Sie hatte sich tierisch auf dieses Wochenende gefreut! Mia las die Nachricht noch einmal.

Es tut mir leid, Mia-Maus, aber mir ist etwas dazwischen gekommen. Ich melde mich wieder.

Na super! Was bitteschön sollte das denn jetzt heißen? Würde er später kommen – oder gar nicht – oder erst morgen? Schnell tippte sie

Was meinst du? Kommst du später oder erst morgen oder wie?

Die Antwort kam prompt.

Sorry, Mia. Unser Wochenende fällt aus. Melde mich nächste Woche.

Mia starrte fassungslos auf das Display. Nun war sie hellwach, wie eiskalt abgeduscht.

Endlich gab es einen neuen Mann in ihrem Leben. Sie hatten das zweite Mal an einem Wochenende gemeinsam frei, was bei den Schichten auch nicht wirklich oft vorkam, und jetzt schrieb er ihr ganz profan, da sei etwas dazwischengekommen. Mehr

Info hatte er nicht für sie? Ein bisschen mager war das, und es war deutlich nicht die Art von Beziehung, die sie führen wollte.

Die Enttäuschung hatte Mia den ganzen Tag fest im Griff. Kurz überlegte sie, Judith anzurufen und zu fragen, ob sie den Abend gemeinsam ausgehen sollten. Dann aber war ihr klar, dass sie selbst keine gute Begleitung wäre, so frustriert, wie sie war.

Als es auch noch zu regnen begann, igelte sie sich ein und gab sich ganz ihrem Katzenjammer hin. Das Wochenende zog sich wie Kaugummi.

Mia beschäftigte und tröstete sich mit Essen, kochte gleich zwei Packungen Vanillepudding, warf Pommes in die Fritteuse, gierte sie sich mit viel Mayonnaise rein und taute zudem vier Stückchen Kuchen auf, die sie verputzte.

Am späten Sonntagabend meldete sich eine bestens gelaunte Judith telefonisch.

»Ich hoffe, du bist noch nicht im Bett! Wie sieht es denn arbeitstechnisch aus bei dir? Bleibt es dabei, dass wir ab morgen wieder zusammen fahren?«

»Ja klar, Eva hat mich gestern angerufen. Ihre Mutter ist über den Berg, sie kommt normal wieder.«

»Wie schön zu hören!«

»Es freut mich auch.« Trotzdem konnte Mia die Fröhlichkeit in Judiths Stimme einfach nicht ertragen. Und ehe sie momentan irgendetwas von einem berauschenden Wochenende erfuhr, dass sie noch tiefer in ihre Depri-Phase stürzen würde, beendete sie das Gespräch.

»Du, lass uns morgen quatschen. Ich kämpfe mit rasenden Kopfschmerzen.«

»Oje. Gute Besserung. Ich fahre.«

»Schade, dass du mich gestern abgewürgt hast, ich hätte noch etwas Schönes berichten können.« Judith setzte den Blinker und fuhr auf die Landstraße.

Genau das hatte Mia ja vermutet. »Es tut mir leid, mir war echt elend.«

Eigentlich hatte Judith erwartet, dass jetzt eine Nachfrage kam. Aber es blieb still. Daher erkundigte sie sich vorsichtig nach dem Wochenende ihrer Freundin.

»Ach«, winkte Mia ab, »ich habe praktisch nur rumgekreusert, ein bisschen was umgestellt, was mir doch nicht gefiel. So was halt. Und pling, ist das Weekend schon wieder um.« Und dann kam endlich die ersehnte Frage. »Und du?«

Das war, als hätte man Judith angepickt. Das Glück und die Informationen rieselten nur so aus ihr heraus.

Mia saß wie starr auf dem Beifahrersitz und schaute geradeaus. Das war also das fremde Auto gewesen.

»Du hast jetzt eine Affäre mit dem Winter? Gott, Judith, der könnte dein Vater sein!«

»Ach Mia, er ist dreiundzwanzig Jahre älter. Na und? Wo die Liebe hinfällt. Ich finde ihn schon immer klasse.«

Das stimmte natürlich. Von Anfang an hatte ihre Kollegin für diesen Mann geschwärmt. Und unter Aufbietung all ihrer Kraft sagte Mia dann, sich endlich zu Judith drehend: »Weißt du was? Genieß es in vollen Zügen. Ich gönne es dir von Herzen.«

Nun war es an Judith, überrascht zu sein. Ihr Kopf flog herum und sie sah Mia mit großen Augen an. »Echt?«

»Hey, guck nach vorne!«

»Aah, Hilfe!« Der Wagen fuhr über die Mittellinie. Allerdings war hier noch ländliches Gebiet, es kam ihnen glücklicherweise niemand entgegen.

»Oh Schreck, meine Nerven!« Judith brachte den Wagen wieder in die richtige Spur.

»Deine Nerven? Du bist gut«, maulte Mia, um ihre Freundin dann aufzufordern: »Erzähl schon weiter!«

»*Du* hast mich doch mit einem unqualifizierten Kommentar unterbrochen«, beschwerte sich Judith.

»Ich habe nur eine unverrückbare Tatsache zur Sprache gebracht, nämlich den Altersunterschied.«

Judith seufzte auf. »Ich bin mal gespannt, in wen du dich verliebst! Ich finde daran bestimmt auch was zu mosern.«

Beinahe hätte Mia ihr Geheimnis preisgegeben, aber irgendetwas hielt sie zurück. Betrachten wir es doch einmal praktisch, dachte sie zu ihrer eigenen Entschuldigung, diese Woche ist eben Judith und ihre Liebe das Thema, in der nächsten bin ich es. Verteilt sich so auch besser.

»Entschuldige bitte, Judith, das war gerade nicht fair. Die Liebe sucht sich einen Weg – es ist, wie es ist.«

»Genau! Es ist einfach nur himmlisch schön!« Judiths Gesicht überflutete ein glückliches Lächeln.

Schnell hatte sie der betriebsame Stationsalltag eingeholt. Trotzdem schien es Mia, als schwebe Judith über den Flur.

Auch Ringos Laune hatte sich deutlich verbessert. Er scherzte wieder mit ihr und tippte ihr sogar einmal lachend auf die Nasenspitze. Sie war erleichtert.

Er war und blieb ihr liebster männlicher Kollege. Seine ruhige und nette Art war einfach zum Wohlfühlen gut.

Zur Mittagszeit hatte sie dann ein irritierendes Erlebnis. Sie traf Olaf in der Cafeteria, als sie schnell eine Kleinigkeit für sich und ihre Kolleginnen holen wollte. Er nickte ihr zu, aber mehr als Höflichkeit war dem beim besten Willen nicht zu entnehmen, aber gut, andere Ärzte waren bei ihm.

Als sie die Kantine mit ihrer gut gefüllten Tüte wieder verließ, sah sie ihn in einem anscheinend hitzigen Gespräch mit Chrissy. Oha! Ob Chrissy was versaubeutelt hatte? Jedenfalls ließ er sie einfach stehen und ging schnellen Schrittes davon. Chrissy starrte ihm wie ein begossener Pudel hinterher.

Es war gut, dass sie nicht mit Olaf zusammenarbeitete. Ihr blieben die schönen Momente – um die hässlichen des Berufslebens brauchten sie sich nicht kümmern, das tat jeder allein und auf seine Weise, es beeinträchtigte ihr Zusammensein nicht.

Zusammensein? Außer der kargen Mitteilung am Wochenende war keine Nachricht von ihm mehr gekommen.

Plötzlich schob sich neben der Enttäuschung Ärger und ein bisschen Wut in Mia an die Oberfläche. Okay, er war ein viel beschäftigter Arzt, aber wenn man frisch verliebt ist, sollte schon ein wenig mehr Feingefühl an den Tag gelegt werden, als nur eine profane Textnachricht zu schicken. Ein Anruf des Bedauerns wäre nett gewesen.

Aber vor allen Dingen sollte man Zeit haben, und wenn man sie sich abstehlen würde. Oder war sie in dieser Hinsicht total old fashioned eingestellt? Das jedenfalls warf Judith ihr ja des Öfteren vor.

Sie straffte sich. Gut, zum ewigen Warten bist du auch nicht geboren, Mia, dachte sie, schnappte kurzerhand ihr Handy, ging vor das Gebäude und wählte Olaf an.

♥ 19 ♥

»Oh, Mia«, hörte sie, »ich wollte dich auch gerade anrufen.«

»Sag bloß!« Den leicht ironischen Unterton konnte Mia nicht vermeiden.

»Ich hatte ein total hektisches Wochenende und hier war heute schon der Teufel los. Wie sieht es denn aus? Passt dir Mittwochabend? Wieder gegen zehn?«

Bei der Aussicht auf eine wundervolle Nacht vergaß Mia ihre Enttäuschung vom Wochenende und hauchte ein glückliches »Ja« ins Handy.

»Ich hoffe, du bist nicht enttäuscht«, meinte Judith auf der Rückfahrt, »wenn ich am Freitagabend nicht kann. Aber Jo ...«

»Kein Problem«, kürzte Mia gönnerisch ab, »das verstehe ich doch.« Das kommende Wochenende war schließlich Olaf bei ihr.

In ihr war der Plan gereift, offen mit ihm zu sprechen. Geheimhaltung hin und her – sie sollten zu ihrer frischen Liebe stehen, bevor es unerwünschte Gerüchte gab.

Außerdem würden sich Professor Winter und er unweigerlich über kurz oder lang auch privat im Alten Land begegnen. Hier war Ehrlichkeit der beste Weg.

Am Mittwochabend hibbelte Mia vor dem Fenster hin und her. Professor Winters Wagen stand bereits in Sichtweite. Wo würde Olaf heute parken?

Nach Einbruch der Dunkelheit erschien er.

»Wo hast du denn dein Auto?« Mia warf einen neugierigen Blick auf die Parkflächen vor dem Haus.

»Etwas weiter in diese Richtung.« Er deutete mit dem Zeigefinger links die Straße hinunter.

»Warum machst du das? Hier ist doch genügend Platz.«

»Ich habe einfach den Erstbesten genommen, damit ich so schnell wie möglich bei dir bin.« Er zog sie verlangend in die Arme. »Mensch, Mia, ich habe dich vermisst!«

Die Nähe tut richtig gut, empfand Mia, sich anlehnen können, Zuneigung spüren. Olafs Kuss radierte sofort die lange Wartezeit der letzten Tage weg, Mia verlor sich ganz in ihren Gefühlen.

Es wurde eine romantische Nacht. Doch dann gab es ein Déjà-vu. Noch vor Tagesanbruch verschwand Olaf. »Die Pflicht ruft!«

Als Mia ein bisschen maulte, wies er sie auf seinen Beruf hin. »Mia-Maus, ich bin Arzt aus Leidenschaft. Wenn du mich als Krankenschwester nicht verstehst, wer dann?«

Ergeben nickte sie. »Wann sehen wir uns wieder?«

»Ich melde mich.«

»Aber am Wochenende doch sicherlich.« Es war halb Frage, halb Feststellung.

»Na klar! Wir telefonieren.«

Das machte Mia glücklich. Endlich viel romantische Zeit zu zweit. Deshalb wagte sie nochmals einen Vorstoß in punkto Nachbarschaft und Fußball.

»Mitte nächster Woche ist doch das Länderspiel. Wir wollen hier alle gemeinsam bei ganz netten Nachbarn schauen. Es ist ein Pärchen in unserem Alter. Jeder bringt etwas mit, und es wird bestimmt lustig, zumal Herr von Brummer ein ehemaliger Schiedsrichter ist und ...«

Olaf unterbrach sie. »Du weißt, ich bin nicht für diese enge Nachbarschaft, aber ich denke, in diesem Fall könnte es ganz spaßig werden.«

»Das heißt, du kommst mit?«

»Dir zuliebe. Außerdem mag ich Fußball. Jetzt muss ich aber los.«

Er küsste sie noch einmal sehr zärtlich und verließ Mias Häuschen. Sie sah ihm mit viel Gefühl hinterher. An Professor Winters Wagen ging er achtlos vorbei. Anscheinend kannte er das Auto nicht. Allerdings war er auch erst wenige Wochen an der Klinik. Und je nachdem, wo er selbst parkte in der Weitläufigkeit des Geländes, dauerte es eine ganze Weile, bis man Autos und Besitzer zuordnen konnte.

Diesmal wurde das Geschehen nicht von Rose, sondern von Rabea beobachtet, die eine schlaflose Nacht an ihrem Laptop verbrachte und daher in Ruhe nach einem Geschenk zum Geburtstag ihrer Schwester suchte. Sie hörte das Knarren von Mias Haustür. Neugierig stand sie auf und schaute aus dem Fenster.

Sie sah, wie ein junger Mann Mia küsste und dann an ihrem eigenen Haus entlang Richtung Straße ging.

Zuerst schmunzelte sie innerlich und trat ein wenig vom Fenster zurück, damit man sie nicht entdeckte.

Sie kannte es selbst von früher, da war man auch konspirativ unterwegs und darauf bedacht, dass niemand von diskreten Treffen, die es natürlich gab, etwas mitbekam. Das war seit Menschengedenken so und würde sich sicherlich auch zukünftig nicht bedeutend ändern. Die Liebenden trafen sich gern heimlich. Heutzutage hatte sich eine Menge verändert, war viel leichter geworden. Damals bei ihnen galt es als unschicklich und war verpönt. Erst hatten ordentliche Verhältnisse wie eine Verlobung zu herrschen, und selbst dann traf man sich nur unter Aufsicht.

Die moderne Art des Lebens hatte schon etwas für sich – in dieser Hinsicht wäre sie sehr gerne noch einmal ganz jung.

In diesem Augenblick kam der Mann an ihrem Fenster vorbei. Rabea erschrak. Sie fühlte sofort eine herzliche Abneigung für ihn. Darüber musste sie mit ihrer Schwester sprechen.

Somit war Mia und ihr heimlicher Besucher Gesprächsthema beim Frühstück der beiden Schwestern.

»Da stimme ich dir völlig zu, Rabea«, meinte Rose mit einem sorgenvollen Blick und berichtete ihrer Schwester von ihrer eigenen Beobachtung. »Mich beschlich das gleiche Gefühl. Was meinst du, sollen wir Mia vorsichtig ansprechen, wer das überhaupt ist und woher sie ihn kennt?«

»Ich denke, das ist unsere Pflicht, Rose.«

Aber bis zum Wochenende verpassten sie sich ständig.

Judith schwärmte jede freie Sekunde, die sie fand,

von ihrem Jo und freute sich auf das Wochenende.

»Wir fahren zu ihm. Ich bin so was von gespannt, wie er lebt. Obwohl, er hat mir gesagt, ich habe es gemütlicher. Er ist wohl eher nüchtern eingerichtet.«

Mia grinste. »Wie das so ist bei Männern, sie haben ein stark verkümmertes Einrichtungs-Gen.«

»Das sag nicht. Du warst noch nicht bei Rob und Tilo. Die sind mit extrem viel Geschmack eingerichtet – da kann man sich als Frau erstaunlich gute Ideen holen! Bei denen ist echt die Devise: Reinkommen und sich wohlfühlen.«

»Das sehe ich sicherlich, wenn wir uns alle zum Länderspiel treffen.«

»Genau.« Judith wurde ein wenig verlegen. »Du, ich bringe übrigens Jo mit. Ich hoffe, es stört dich nicht.«

»Warum sollte es mich stören?« Mia war großzügig. Gleich zu Beginn der nächsten Woche würde sie Judith erzählen, dass Olaf auch mit dabei sein würde. Auf die Reaktion war sie schon gespannt wie ein Flitzebogen!

Endlich war der ersehnte Freitag da. Olaf hatte sich bereits für acht Uhr angekündigt. Mia war voll angespannter Vorfreude. Sie war gerade daheim, als es klingelte, aber sie sah in das lächelnde Gesicht von Rob.

»Moin.«

»Moin, Rob.«

»Ich wollte fragen, was du für unser Länderspiel sponserst.«

»Was soll ich denn ... ich meine«, Mia schielte auf das Blatt, das Rob in der Hand hielt, »komm doch rein.« Sie zog die Tür ganz auf.

»Nur kurz, ich muss auch noch zu Judith rüber.«

»Da brauchst du es gar nicht erst versuchen. Sie ist über das Wochenende nicht da.«

»Ach so. Macht nichts. Ich denke, sie wird wieder ihre selbst gemachte Kräuterbutter mitbringen und frisches Baguette. Hat sie schon zweimal.«

»Wie sieht es denn aus? Was fehlt noch?«

Rob reichte ihr die Liste. Mia überflog sie. Für Grillfleisch wie Würstchen und Steaks war bestens gesorgt von Rob, Tilo und Herrn von Brummer. Rose hatte ihren hervorragenden Kartoffelsalat auf der Liste, Rabea war mit Käseröllchen dabei, Judiths Vermieterin spendierte Chips und andere Knabbereien.

»Das ist ja eindeutig herzhaft-lastig. Ich backe einen Kuchen.«

Eifrig trug Rob Mias Beitrag in die Liste ein. »Danke und bis nächste Woche. Schönes Wochenend!«

Er war schon ein paar Meter weg, als Mia etwas einfiel. »Ach Rob, ich hab noch etwas vergessen«, rief sie ihm hinterher. »Mein Kollege Ringo kommt doch nicht. Er muss absagen, weil er arbeitet.«

»Oh Mensch, das ist echt schade. Die Schlunzheimers sind nämlich auch nicht dabei. Sie haben kurzfristig eine Kreuzfahrt gebucht. Die fahren wir morgen nach Bremerhaven rüber zum Schiff.«

»Dafür bringt Judith ihren Freund mit.«

»Prima, also nochmals, schönes Wochenende!«

Das werde ich haben, freute sich Mia im Stillen und sagte laut: »Wünsche ich euch ebenfalls. Grüß Tilo.«

Ihr Handy meldete sich. Sicherlich Olaf – und tatsächlich, die Nachricht war von ihm. Dann war er schon unterwegs!

Mit einem Lächeln öffnete sie die WhatsApp.

♥ 20 ♥

Mia las die Nachricht zweimal.

Sorry, Mia-Maus, aber ich muss absagen.

Das konnte doch jetzt nur ein grober Scherz sein! Er wollte sie bestimmt ärgern, frei nach dem Motto: Ätschibätschi, verarscht! Sofort wählte sie Olaf an. Es schellte mehrfach durch, dann erst nahm er das Gespräch an.

»Sag mir, dass du einen Spaß machen willst.« Mia hielt das Handy verkrampft ans Ohr.

»Leider nein. Ein Freund von mir zieht um und ich muss ihm helfen. Ich kann nicht anders, er war bei meinem Umzug auch dabei.«

»Und das weiß er erst heute?« Mias Ton war ungewollt schneidend.

»Glaubst du mir das etwa nicht?« Sein Ton wurde schärfer.

»Doch doch«, versuchte Mia die Situation, die abzugleiten drohte, zu retten. »Kommst du denn morgen?«

»Mia! Ich fahre heute erst hin! Nachts zieht keiner um. Morgen geht es los.«

Irgendwie klang es zwischen den Zeilen wie: Du Dummchen du!

»Ich verspreche dir, wenn ich morgen eher wieder

zurück sein sollte, komme ich noch vorbei. Nicht traurig sein, Mia-Maus. Wir holen alles nach. Versprochen.«

Mia wusste vor Frustration gar nicht, in welche Ecke ihrer Wohnung sie nach dem kurzen Telefonat laufen sollte. Am liebsten hätte sie, wie ein kleines Kind, wütend mit dem Fuß aufgestampft. Was für eine herbe Enttäuschung! Sie hatte sich so gefreut!

Vorhin hatte sie eine Antipasti-Platte gerichtet, die holte sie sich jetzt aus dem Kühlschrank und ging damit auf die Terrasse. Eigentlich reichte es auch noch für Rose und Rabea. Entschlossen stand sie auf und lief um das Haus herum. Aber die hintere Tür stand diesmal nicht offen. Sie warf einen Blick durch die Terrassentür. Keine Rose, keine Rabea.

Und dann fiel es ihr wieder ein. Die beiden hatten letzte Woche schon erwähnt, dass sie heute ins Pfarrheim wollten, um das Sommerfest verantwortlich mit vorzubereiten.

»Wir sind die Kuchen-Chefinnen«, hatte Rabea getönt.

»Weißt du, Mia«, ergänzte Rose noch, »wir müssen uns alle im Miteinander engagieren. Auf unserer schönen Erde gibt es jede Menge Mist. Wir müssen versuchen, unseren kleinen Bereich sauber und lebenswert zu erhalten. Wenn das viele Menschen tun, wird die Welt ein Stückchen besser.«

Rabea hatte ernsthaft zustimmend genickt, aber dann mit einem Augenzwinkern hinzugefügt: »Außerdem macht das Engagement Spaß! Unser neuer Pfarrer ist nämlich ganz schön sexy!«

»Rabea«, entrüstete sich Rose, »wie kannst du so etwas gegenüber Mia sagen! Schäm dich!«

»Stimmt doch, Schwester.«

»Aber du bist fast neunzig!«

»Na und? Ich habe meine Fantasie schließlich nicht mit fünfzig abgegeben. Dann hätte ich ja die letzten vierzig Jahre vor mich hingetrocknet.«

Die Schwestern giggelten los wie Teenager.

Mia wusste auf dieses Geplänkel nichts zu erwidern, aber in ihr kam ein liebevolles Gefühl für die quirligen Seniorinnen hoch. Man musste sie einfach gern haben. Sie grinste, rätselte dennoch: Wie kann man einen Landpfarrer sexy finden?

Enttäuscht lief sie zurück. Zwei Fliegen waren wohl der Ansicht, es wäre ein Büffet für sie angerichtet worden. Mia scheuchte sie grantig weg, nahm die Platte und ging wieder ins Haus. Hunger hatte sie jetzt keinen mehr, sie zog eine Folie darüber und stellte sie in den Kühlschrank.

Eine halbe Stunde später holte sie die Häppchen erneut heraus und aß alles aus lauter Verzweiflung auf. Das stärkte sie und weckte ihre Lebensgeister. Ich bleibe heute nicht zu Hause und blase Trübsal! Kurz entschlossen rief sie Franzi an.

»Hi Franzi, du hast doch letzte Woche gesagt, ihr seid heute wieder im *Limelight*, oder?«

»Genau. Tobias, Esther und Jürgen kommen übrigens ebenfalls.«

»Ich hätte nämlich auch Lust. Wann seid ihr denn da?«

»Du kommst? Klasse«, freute sich Franzi. »Sag mal, kannst du mich abholen? Cedric ist nämlich vorgestern zu einem Kongress in die USA geflogen. Da brauche ich nicht allein dort aufkreuzen.«

»Wo wohnt ihr denn jetzt eigentlich? Ihr seid umgezogen, nicht?«

»Schon vor vier Monaten.« Franzi nannte ihr die Straße. »Wenn du über die Brücke fährst, musst du links und danach ...«

»Kein Problem, ich gebe die Adresse ins Navi ein.«

»Okay.«

»Gut, bis gleich.«

Erleichtert legte Mia auf. Das passte gut, sie konnte das Gefühl von Franzi nachvollziehen. Auch sie ging nicht gern allein irgendwo hin. Zu zweit fühlte es sich sicherer an. Dann schmunzelte sie. War mit dem Klo genauso. Am liebsten zu zweit.

Außerdem war sie ziemlich neugierig. Franzi war mit einem bekannten Rechtsanwalt verheiratet. Sie hatte von ihrer großen Wohnung in diesem Viertel erzählt. Wie die wohl aussah?

Diesen Straßennamen ... den kannte sie doch! Sie kramte kurz in ihrem Gedächtnis. Sicher! In dieser Straße wohnte ihr Olaf! Was hatte er noch gesagt? Hausnummer 13. Dies sei für ihn eine Glückszahl. Franzis Hausnummer war die 28. Egal. Sie würde sich das Haus, in dem Olaf lebte, bei der Gelegenheit natürlich ansehen! Er war eh nicht da.

Frisch gestylt saß Mia im Wagen und fuhr Richtung Stadt. Ein bisschen Enttäuschung war noch vorhanden, aber ändern konnte sie schließlich nichts. Deshalb freute sie sich jetzt auf einen schönen Abend mit ein paar Freunden.

Sie bog von einem Seitenarm in die Straße ein, sodass die Adresse von Franzi zuerst erreicht wurde. Und da sie einen gerade frei werdenden Parkplatz ergatterte, musste halt die Besichtigung von

Olafs Heim warten. Da fuhren sie sowieso gleich vorbei.

»Was hatte ich für ein Schwein!«, jubelte sie, als sich die Aufzugtür öffnete und Franzi sie schon vor der geöffneten Wohnungstür erwartete. »Ich habe einen Parkplatz direkt vor der Tür erwischt.«

»Das ist echt das Glückslos schlechthin«, grinste Franzi. »Wir haben Tiefgaragen-Stellplätze, sonst würden wir uns hier wochentags rund und puddelig suchen. Komm rein.«

Mia bewunderte die gut geschnittene, große und moderne Wohnung, die Franzi sehr geschmackvoll eingerichtet hatte. »Ich bin übrigens auch vor Kurzem umgezogen. Du musst unbedingt mal zu mir raus kommen.«

»Wie rauskommen?«

»Ich wohne jetzt im Alten Land. Total ruhig, aber schön.«

»Du im Apfelland?« Franzi schaute skeptisch. »Du hast doch alles, was mit Stadt zu tun hat, immer verteidigt.«

»Ich habe absolut nichts anderes gekriegt. Ich hatte bereits eine mittelschwere Wohnungs-Depression entwickelt. Ständig diese nervigen Massenbesichtigungen, und war eine Bude schön und ich hätte sie mir leisten können, wurde die an kinderlose Paare vergeben.«

»Die Wohnungssituation ist echt übel«, stimmte Franzi zu.

»Und meine neuen Nachbarn sind auch alle nett.«

»Wir kennen hier nur das Ehepaar neben uns näher, die anderen nur vom Guten-Tag-sagen.«

»Das ist bei uns anders. Da weiß jeder so gut wie alles vom anderen.« Mia grinste.

»Und das findest du gut?«

»Hätte ich mir auch nie vorstellen können. Aber irgendwie passt es. Und stell dir vor, nächste Woche schauen wir alle gemeinsam das Fußball-Länderspiel.«

Franzi sah sie etwas skeptisch an. »Echt?«

»Und weißt du was? Ich freu mich drauf! Auf dem Land sind eben Nachbarn inklusive.«

»Alles hat seine Vor- und Nachteile. Du, wollen wir noch etwas trinken oder lieber gleich los?«

»Lass uns fahren. Sehr spät möchte ich nicht nach Hause. Ich dachte so um Mitternacht herum.«

»Ist auch eine gute Zeit für mich.«

Fröhlich liefen die beiden zu Mias Auto, als Franzi plötzlich stoppte. »Mist, ich habe mein Portemonnaie oben auf der Ablage liegenlassen! Bin sofort wieder da!« Sie machte auf dem Absatz kehrt.

Mia setzte sich derweil ins Auto. Sie schaute die Straße hinunter. Die Hausnummer 13 war demnach auf der anderen Straßenseite, weil eine ungerade Zahl. Da wohnte Olaf wirklich in einem angenehmen Viertel. Sicherlich lud er sie kurzfristig in seine Wohnung ein. Dann würde Franzi aber staunen, wenn sie des Öfteren hier in der Nähe wäre. Sollte sie schon Andeutungen machen? Den Gedanken schob sie jedoch zur Seite, denn zuerst musste sie Judith davon erzählen, das war sie ihr schuldig.

Das ist die Bombe schlechthin, dachte sie mit einer gewissen Genugtuung. Nicht nur Judith hatte einen guten Griff getan, sie auch!

In diesem Moment zog eine schwarz-glänzende Limousine nahezu geräuschlos und langsam an ihr vorbei. Aus dem Augenwinkel sah sie die Fahrerin, eine blonde, langhaarige Frau mit Sonnenbrille. Das waren punktgenau die passenden Nobel-Tussis für derartige Autos! Ihr Blick glitt auf das Nummernschild. Frankfurt.

Nicht weit entfernt hielt die Luxuskarosse in zweiter Reihe. Typisch. Parkplatzsuche galt für diese Einkommensklasse nicht!

Die Blondine stieg aus. Mia erfasste sie mit einem Blick. Minikleid, schwindelnd hohe Sommersandalen. Sie war wirklich atemberaubend attraktiv, das musste der Neid zugeben. Interessiert betrachtete Mia die Schönheit, die zu dem Haus hochsah, denn sie schob die Sonnenbrille ein Stück nach oben. Dieser Auftritt war tatsächlich Eleganz pur! Warum nur sind manche Frauen so gemein attraktiv und überschwänglich von der Natur ausgestattet, fragte sie sich und fühlte sich sofort eine Spur minderwertiger.

Sie versuchte, sich selbst zu trösten, schließlich war sie ein ganz anderer Typ als diese sicherlich reiche und verwöhnte Püppi. Und vielleicht hatte da ein Schönheits-Chirurg schon den einen oder anderen kühnen Schnitt gemacht, genäht oder geklammert, wer wusste das schon?

Dann passierten zwei Dinge gleichzeitig.

Franzi kam über die Straße gelaufen und ließ sich außer Atem in den Sitz plumpsen. Die Haustür, vor der die Luxuskarosse in zweiter Reihe stand, öffnete sich und ein Mann trat heraus. Die Blondine flog in seine Arme.

Mia blinzelte.

♥ 21 ♥

Ihr Blick klebte an dem Paar, das ganz ungeniert einen langen Zungenkuss auf dem Bürgersteig austauschte.

Der Mann war Olaf. Noch wehrte sich ihr Verstand, dies einzugestehen. Er war doch auf dem Weg zu einem Freund – umziehen.

Das Paar löste sich und ging gemeinsam zum Kofferraum der Limousine, um zwei prall gefüllte Koffer herauszuheben. Erneut küssten sie sich.

»Hey! Was ist denn an denen so interessant?« Franzi löste mit diesem Satz Mias Starre.

Sie nahm all ihre Kraft zusammen, obwohl ihr plötzlich grottenschlecht war und versuchte, möglichst cool zu wirken.

»Hab nur gerade fasziniert der Show zugesehen, die die beiden da abziehen.«

Franzi kicherte. »Das machen die anscheinend immer. Ich hab das schon mehrfach, meist am Wochenende, beobachtet. Allerdings oben vom Fenster. Da waren wir noch nicht lange eingezogen. Genau derselbe Ablauf. Ich bin mir sicher, die ruft ihn an, sobald sie in diese Straße einbiegt, dann kommt er aus der Haustür gerannt, während Herzchen schon fotoreif neben ihrer Luxuskarosse steht.«

»Auch egal, los geht es.« Mia ließ ihren Wagen an. Gott sei Dank bemerkte Franzi nicht, dass ihre

Hand zitterte.

Sie fuhren an dem Paar vorbei, dass sie aber völlig ignorierte, so beschäftigt waren sie. Mia starrte den Mann an. Ohne Zweifel, es war Olaf.

Wie betäubt verbrachte sie die Zeit im *Limelight* mit den Freunden, unter Aufbietung aller Kräfte konnte sie ihr Entsetzen, ihre Enttäuschung, verbergen. Nur einmal sagte Tobias zu ihr: »Du bist aber heute nicht ganz bei der Sache, wie?«

»Stress in der Klinik. Ich hatte eine mörderische Woche«, erklärte sie ihm glaubhaft. Damit war das Thema vom Tisch.

Mitternacht, wie abgemacht, verließen die beiden Mädels die Diskothek.

Als Mia Franzi vor ihrem Haus absetzte, meinte diese: »Es war richtig schön heute Abend. Soll ich dich mal auf dem Land besuchen? Mein Mann kommt erst Ende nächster Woche wieder. Ich hätte Zeit ...«

Mia spürte, dass Franzi auch neugierig war. »Klar doch. Können wir uns kurzfristig auf einen Tag festlegen?«

»Sicher. Dann lass uns abends telefonieren. Ich komme immer recht pünktlich um fünf aus der Bank.«

»Machen wir.«

Mia wartete, bis Franzi die Haustür erreicht hatte, die beiden winkten sich zu, dann fuhr sie nach Hause. Sie war noch nicht ganz um die Ecke, als sie die einige Stunden verdrängten Gefühle rigoros überfluteten. Sie brach in Tränen aus.

Mit verschleierter Sicht traf sie daheim ein und schlich ins Haus. Wie gnädig doch die Nacht sein konnte! Wenigstens sah niemand ihr völlig verheultes Gesicht.

Ein wenig hatte sie geschlafen, der Katzenjammer allerdings war am folgenden Morgen nicht geringer. Sie fühlte sich restlos k.o. und niedergeschlagen, der Blick in den Spiegel zeigte ein völlig desolates Bild. Sie sah fürchterlich verheult aus, ihre Augen waren aufgequollen und gerötet. Das hieß, heute im Haus bleiben.

Meine Fresse, was hatte sie sich vertan! Laut Aussage von Franzi war das keine frische Bekanntschaft, sondern wohl eine feste Beziehung. Und ihr fiel es wie Schuppen von den Augen. Das Frankfurter Kennzeichen! Olaf kam aus Frankfurt. Liefen da zwei Frauen nebeneinander, ohne voneinander zu wissen?

Trotz dieser fürchterlichen Enttäuschung empfand sie aber eine, wenn auch winzige Spur Erleichteerung. Sie hatte wenigstens niemandem davon erzählt. Bei allem Elend immerhin noch Dusel gehabt!

Das erste Mal war sie glücklich, dass es sich am Samstagnachmittag einregnete, und auch der Sonntag genügend Niederschlag produzierte, sodass niemand in den Gärten saß. Sie leckte ihre Wunden und war am Montag wieder soweit hergestellt, um nervlich gestärkt ins Krankenhaus fahren zu können. Das tat sie allerdings erst nach dem Zahnarzttermin, den sie an diesem Morgen hatte.

»Na, du hast was verpasst!«, empfing sie Ringo.

»Wieso?«

»Ein guter Rat von mir: Sag bloß niemand, dass

du was mit dem Münstermann hattest!«

Mia fuhr der Schreck in die Glieder. »Spinnst du? Wovon redest du denn überhaupt?« Erst einmal Zeit schinden, dachte sie.

»Na, es gab schon einen Skandal. Sag also besser nichts.«

»Wie kommst du denn darauf, dass ich was mit dem ...«

»Mia, ich hab euch neulich hier im Zimmer gesehen!«

Jetzt hieß es, die eigene Haut retten!

»Und daraus schließt du, wir hätten was miteinander? Ich bitte dich! Der hat sich zu viel rausgenommen. Das hab ich ihm schon ausgetrieben. Der wird nicht mehr mit mir sprechen!« Das konnte sie gut durchziehen, denn *sie* würde nicht mehr mit *ihm* reden.

Ringo forschte in ihrem Gesicht. »Okay«, meinte er, »ich wollte es dir nur sagen, weil ...« Weiter kam er jedoch nicht. Der Chefarzt nahte, Ringo drehte ab und sagte ins Blaue hinein: »Danke für die Info, Mia.«

Sie spielte mit. »Gerne.«

»Probleme?«, erkundigte sich der Chefarzt.

»Nein, nur ein kleiner Austausch zu dem frisch eingelieferten Patienten in 512.«

Damit gab sich ihr Chef zufrieden.

Die Lüge war Mia gut über die Lippen gekommen. Wenn sie sich zu einem durchgerungen hatte, dann zu einem klaren Statement für sich selbst in dieser Sache: Ich lasse mich weder an der Nase herumführen noch vorführen! Ich verliere nicht! Ich habe höchstens etwas, wenn auch schmerzhaft, gelernt.

Automatisch straffte sie sich. Ab zur Blutdruckkontrolle. Da schoss Judith um die Ecke. »Schön, dich allein zu sehen. Ich muss dir was erzählen!« Schnell schaute sie sich um, ob auch keiner in der Nähe war.

Sie senkte ihre Stimme. »Chrissy hat mir neulich im Vertrauen erzählt, dass sie was mit dem Münstermann angefangen hat. Die war echt schwebend unterwegs. Und jetzt halt dich fest! Sie hat es am Wochenende in ihrer Abteilung richtig breitgetreten. Sie konnte ja schon immer schlecht was für sich behalten.«

Sie legte eine bedeutungsschwangere Pause ein.

Mia rutschte das Blutdruckgerät aus den Händen. Beide kreischten los und schafften es, das kostbare Teil kurz vor dem Aufprall auf dem Boden noch zu schnappen.

»Puh, knapp!« Mia blies erleichtert die Luft aus.

»Das ist ein Ding, was? Aber jetzt halt dich fest! Die eigentliche Nachricht kommt erst. Der miese Münstermann hat sie bloßgestellt. Was sie sich einbilden würde, er wäre schließlich verlobt! Seine Verlobte wäre über das Wochenende da gewesen, wie sie darauf käme, ihn so zu brüskieren. Was er ihr denn getan hätte?« Sie schüttelte entsetzt den Kopf. »Kannst du dir das vorstellen? Chrissy muss ja nahezu gestorben sein!«

Mia fühlte eiskaltes Entsetzen. Das durfte doch nicht wahr sein! Hatte sie ihm innerlich Zweigleisigkeit vorgeworfen? Von wegen! Der fuhr bereits auf drei Gleisen! Sie schluckte. Kein Wunder, dass der Kerl ein Zeitproblem hatte. »Ach du Scheiße!«, sagte sie laut.

Eigentlich galt das ihr selbst, aber Judith fasste

das natürlich anders auf. »Das sagst du wohl! Arme Chrissy. Ich kann mir allerdings nicht vorstellen, dass sie lügt. Sie war bisher immer eine absolut ehrliche Haut.«

Sie wartete auf eine Antwort von Mia, die blieb jedoch aus. »Irre, was? Ich konnte diesen arroganten Pinsel nie leiden. Ich hab mich eh gefragt, warum Jo den eingestellt hat.«

Hast du ihn mal drauf angesprochen?«

»Ich werde mich hüten und mich in seine Abteilung einmischen! Was meinst du denn zu der Sache mit Chrissy und dieser Samenschleuder? Mensch Mia, sag was, hetz doch einfach mal mit!«

»Du siehst mich völlig fassungslos.« Und das stimmte umfänglich.

Ringo war an diesem Nachmittag endlich wieder zugänglicher. Und dann traf Mia gleich der zweite Schlag.

Er erzählte ihr, er habe seit Kurzem eine Freundin. »Bea ist so süß! Und weißt du, was das Irrwitzige an der ganzen Sache ist? Sie wohnt nur eine Straße weiter und wir sind uns noch nie begegnet. Bei mir ist echt der Blitz eingeschlagen.«

Na super! Bei ihr jetzt auch.

Der Tag war der Gau, empfand sie, als sie abends nach Hause fuhr.

Aber dann musste sie hinter dem Steuer doch laut auflachen. Mensch Mia, haarscharf und mit Schmackes am Abgrund und einer gefühlsmäßigen Katastrophe entlanggerutscht, und keiner hat‘s mitbekommen! Dem Himmel sei Dank!

Kaum hatte sie die Tür hinter sich geschlossen,

klingelte ihr Handy. Olaf.

Sie konnte nicht verhindern, dass ihr das Herz sofort bis in den Hals pumperte.

Drangehen oder nicht?

♥ 22 ♥

Ihr Finger zuckte in Richtung der Taste mit dem grünen Hörer – dann entschied sie sich dagegen.

Was konnte er ihr denn noch sagen? Er log sowieso. Es war bedeutungslos geworden. Warum sich jetzt einem Gespräch aussetzen, das definitiv nichts mehr veränderte. Es würde die klaffende Wunde nur weiter einreißen. Sie ließ es klingeln, bis der Anrufbeantworter ansprang, doch es tat höllisch weh. Olaf sprach jedoch nicht darauf, sondern er versuchte es in Abständen immer wieder.

Mia brach noch einmal in Tränen aus, dann siegte das Selbstwertgefühl. Ich wünsche dir die Pest an den Hals, du Mistgurke!

Rose und Rabea lenkten sie unbewusst ab. Wie eine Abordnung erschienen sie vor ihrer Tür.

»Meine Liebe«, begann Rabea, »wir haben ein klitzekleines Attentat auf dich vor.«

»Kommt rein, ihr beiden.«

Rose sah Mia genauer an. »Kind, hast du geweint? Hängt das etwa mit dem jungen Mann zusammen, der dich hier besucht hat?«

Oh, die zwei hatten das doch mitbekommen! Mia erinnerte sich an einen der ersten Sätze, die Rose ihr damals gesagt hatte: Wir passen hier aufeinander auf!

Sie war völlig kraftlos und wollte auch nichts mehr beschönigen, nur noch Schadensbegrenzung betreiben. Sie nickte einfach.

»Ich hab vom letzten Einkauf Eierlikör mitgebracht. Den hole ich uns und dann erzähle ich das Ganze. Ich war verliebt – und saublöd. Setzt euch doch bitte.«

Das ließen sich die beiden Schwestern nicht zweimal sagen, sondern hatten fix die Couch erobert. Kerzengrade saßen sie, in Erwartung einer interessanten Story und des Eierlikörs, nebeneinander. Was für ein Bild, dachte Mia, trotz der fiesen Situation amüsiert.

Sie stießen an und dann berichtete Mia. Sie endete mit einer Bitte. »Tut ihr mir einen Gefallen? Behaltet es für euch.«

»Wir schweigen wie ein Grab«, sagte Rabea feierlich.

Rose sah sie entrüstet an. »Sag das nicht so! Da fühle ich mich schrecklich alt.«

»Aber wir sind alt! Wir stehen doch bereits mit einem Bein im Grab«, beharrte Rabea.

»Du musst mich nicht immer daran erinnern. Wir merken das schon noch früh genug, wenn das zweite Bein nachgezogen wird.«

Dann kicherten beide wieder auf ihre unnachahmlich sympathische Art.

Rose wusste jedoch auch zu trösten. »Es gibt diese männlichen Windhunde. Man muss das als Erfahrung abbuchen. Wir hatten mal eine Freundin – Gott hab sie selig – der ist das ähnlich passiert, allerdings mit einem Heiratsschwindler. Nicht wahr, Rabea, das hat sie einiges an Geld gekostet.« Sie wackelte mit dem Kopf hin und her. »Sei froh, mein Kind, dass du es zeitig genug gemerkt hast. Und übrigens, der hatte ein komisches Kinn und hartherzige Augen!«

Rabea stimmte sofort zu.

»Woher wisst ihr das denn?« Mia starrte beide verwundert an.

Rose seufzte. »Weißt du, alte Mädels sind oft früh wach, und wenn man dann im Garten ein Geräusch hört, guckt man eben. Das ist halt so.«

Verlegen biss sich Mia auf die Unterlippe.

»Aber das braucht dir nicht peinlich sein. Außerdem, wenn diese Nächte schön waren, hat es sich auf eine gesunde Art und Weise schließlich gelohnt«, Rabea zwinkerte vergnügt mit den Augen.

Rose stieß ihre Schwester mit dem Ellenbogen in die Rippen. »Rabea, die Erinnerung tut dem Mädel doch weh!«

Da lachte Mia auf. »Nee, lass mal, Rose, das ist schon in Ordnung. Es liegt an der Betrachtungsweise und der persönlichen positiven oder negativen Einstellung zu den Dingen. Ähnlich dem Spruch: Das Glas ist halb voll oder halb leer.«

»Du hast mich verstanden«, freute sich Rabea.

In der Zwischenzeit hatte das Handy mehrfach geklingelt. Mia hatte es ignoriert.

»Das ist er, hm?« Rose sah zum Telefon auf der Küchenablage.

»Joaah«, Mia wurde eine Spur relaxter. »Der kann das versuchen, bis ihm die Finger abfallen oder er einen Krampf kriegt. Ich hab ihn jetzt überlebt. Danke, ihr zwei. Aber bitte ...«

»Wir schweigen«, gelobten beide wie aus einem Munde.

»Was habt ihr denn eigentlich für ein Attentat auf

mich vor?«

»Ein süßes Attentat, meine Liebe, genauer gesagt ein Kuchen-Attentat! Wir haben dir doch von dem Sommerfest unserer Pfarrgemeinde berichtet, da sind wir im Organisations-Komitee und verantwortlich für die Kuchenauswahl«, meinte Rabea wichtig. »Bist du eigentlich evangelisch oder katholisch?«

»Evangelisch«, antwortete Mia prompt.

»Rabea«, mischte sich Rose sofort ein, »was spielt das für eine Rolle?«

»Ich war bloß neugierig.«

Rose übernahm das Wort. »Da Rabea, wie üblich, wieder von der Steinzeit ausholt, komme ich mal unverzüglich zum Kern unseres Besuches. Würdest du einen Kuchen für das diesjährige Pfarrfest spenden?«

Mia gluckste: »Aha, Rabea wollte also wissen, ob ich einen katholischen oder einen evangelischen Kuchen backe.«

»Siehste Rose, war doch wichtig, meine Frage«, schmunzelte Rabea. »Sie backt einen evangelischen Kuchen für unsere evangelische Gemeinde. Es gibt keinen Glaubenskonflikt.« Dann lachte sie laut.

Nach zwei weiteren Eierlikörchen tapsten die alten Ladys beseelt zurück in ihr Haus. Das Projekt Sommerfest-Kuchen gedieh.

Mia hatte es gutgetan, mit den beiden darüber zu sprechen. Das größte Leid war überstanden, auch wenn es an der einen und anderen Stelle noch piekte, weil Gefühle eben schwer runterzufahren oder zu ignorieren sind.

Daher entschied sie sich für einen weiteren Eierlikör und haute sich zwei Spiegeleier in die Pfanne. Ein wenig später betrachtete sie die Flasche. So gut wie leer. Dann konnte sie das winzige Likörchen auch noch vernichten. Ein Restchen war irgendwie hässlich. Gut angesäuselt fiel sie ins Bett.

Ihr letzter Gedanke vor dem Einschlafen war: Von Männern hab ich die Schnauze gestrichen voll!

Judith hingegen empfand genau das Gegenteil. Jede freie Minute verbrachte sie mit ihrem Jo.

Keiner von ihnen konnte es wirklich richtig fassen. Nun hieß es, das Glück festzuhalten.

Judith war am Ziel angekommen. Der Mann ihrer bewegten Fantasie lag neben ihr. So lange hatte sie sich das in ihren Träumen vorgestellt. Sie hatte nicht zu hoffen gewagt, dass sich ihr Wunsch erfüllen könne. Immer wieder hatte sie nette jüngere Männer kennengelernt, aber bei keinem brannte ihr Herz derart wie bei dem Anblick von Jo. Sie liebte einfach alles an ihm. Sie mochte seine Ernsthaftigkeit und auch, wenn er vergnügt mit den Augen zwinkerte und die Lachfältchen deutlich zu erkennen waren.

Jo Winter strich sanft über Judiths weiche Haut. Vom Aussehen her war sie ganz seins, und so hatte er schon Sympathien für sie, als er sie nur vom Sehen her kannte. Dann gab es in der Klinik mehrere Veranstaltungen, wo sich freiwilliges Personal melden konnte. Sie war stets dabei. Hier lernte er ihre unaufgeregte, jedoch effektive Arbeitsweise kennen. Zudem war sie menschlich ein Hauptgewinn. Schnell verliebte er sich. Aber er wusste nichts von ihrem Privatleben. Unauffällig und langsam zog er Erkundigungen ein. Sie war Single – das war zuerst einmal gut. Auf der anderen Seite konnte er locker ihr Vater sein. Sie war zu allen nett, worauf also sollte er sich etwas einbilden?

Als der Platz auf seiner Station frei wurde, war er freudig überrascht, als er ihre Bewerbung unter den anderen fand. Aber sie einstellen? Dann könnte er sich ihr niemals nähern. Das war entgegen der Fürsorgepflicht als Chef.

So fasste er den Entschluss, sie vor der Bewerbungsrunde zu einem persönlichen Gespräch zu bitten. Wenn, dann jetzt. Es war der einzig richtige Zeitpunkt.

Das Ergebnis seines Mutes lag nun verführerisch neben ihm. Mehr Glück ging nicht.

Morgen früh allerdings würde er ihr etwas Brisantes erzählen müssen, noch bevor sie in die Klinik fuhren.

♥ 23 ♥

»Bist du ganz sicher?«, fragte Judith geschockt, als sie im Stehen in aller Eile einen Kaffee tranken. Sie hatten bis zur letzten Minute gekuschelt.

Jo schlubberte seine Tasse aus. »Leider. Wir haben das natürlich beobachtet, als es gemeldet wurde. Nur keinen Staub aufwirbeln. Das werden wir auch heute nicht tun.«

»Na, das wird sicherlich rumgehen! Wie will die Klinikleitung das verhindern?«

»Die Situation muss schnellstens bereinigt werden.«

»Kann ich es Mia erzählen?«

»Sie ist vertrauenswürdig, nicht?«

»Für sie lege ich meine Hand ins Feuer. Vielleicht gelingt es uns, wenigstens auf unserer Station die Gerüchte in Schach zu halten.«

»Ich vertraue dir völlig.« Jo küsste sie und Judith schmiegte sich an ihn. »Hmh, ich könnte schon wieder ...«

Er holte tief Luft und schob sie ein wenig von sich fort. »Verschieben wir es um ein paar Stunden, mein Schatz.«

Judith wartete schon voller Ungeduld auf Mia, die völlig ahnungslos zur Mittagsschicht eintraf.

»Komm mit!« Sie zog Mia an der Hand in die

Waschräume. Erst sah sie in die Toilettenkabinen, um sich zu versichern, dass keine anderen Ohren zuhörten.

»Was ist denn nur los?« Mia sah auf die Uhr. »Mein Dienst beginnt.«

»Ausgerechnet heute bist du so spät.«

»Lag an einem Auffahrunfall. Das gab einen tollen Rückstau. Was gibt es denn immens Wichtiges?«

»Heute Nachmittag geht es los, wenn der Münstermann seine Schicht antritt.«

»Mensch Judith, was willst du mir sagen?«

»Du findest ihn doch oberscharf!«

»Moment mal! Er ist nett, aber, puh ... nicht viel mehr«, wehrte sich Mia. Sie wollte alles, was mit Olaf zu tun hatte, schnellstens vergessen.

»Echt? Ich habe angenommen ...«

»Quatsch«, fiel sie Judith direkt ins Wort. »Er ist nicht wirklich mein Typ. Viel zu dünn.« Das war noch nicht mal ganz gelogen.

»Gut. Dann trifft es dich nicht so hart. Es ist folgendermaßen ...«

Mia hielt sich am Waschbecken fest, um das Gehörte zu verdauen. Verdammt, hatte sie ein Schwein gehabt! Das Leben war momentan echt fair zu ihr, sie konnte nicht meckern – es hatte sie vorher gewarnt!

In der Mitte der Schicht war es dann soweit. Die Neuigkeit verbreitete sich wie ein Lauffeuer.

Die Klinikleitung hatte Dr. Münstermann mit sofortiger Wirkung beurlaubt. Der Flurfunk funktionierte und so waberten verschiedene Gerüchte durch die Stationen. Mia wusste die Wahrheit, beteiligte sich deshalb nicht an der Gerüchteküche.

Ringo hatte allerdings die genauen Informationen, die er auch den Kollegen – nicht ohne eine gewisse Genugtuung – zum Besten gab. Er hatte sie von einem befreundeten Pfleger der Station erhalten. Dr. Münstermann war schnell herzlich unbeliebt gewesen. Das allerdings war neu für Mia. Unbeliebt? Olaf?

»Einer Schwester sind Unregelmäßigkeiten bei den Medikamenten aufgefallen, da waren ihre Antennen aufgestellt. Und immer, wenn der Münstermann beim Medikamentenschrank war, fehlte was. Deshalb hat man ihn beobachtet. Dann wurden außerdem alle Abrechnungen geprüft. Und siehe da, das Arschgesicht hat Leistungen im vierstelligen Bereich abgerechnet, die er gar nicht erbracht hat.«

Mia brauchte sich gar nicht betroffen geben, sie war es. Denn es ploppte eine Erinnerung auf, die sie schon vergessen hatte. Olaf im *Limelight*. Es war keine Verwechslung. Sie hatte einen Austausch beobachtet. Das ergab natürlich jetzt Sinn. Er hatte Medikamente verkauft!

»Übrigens«, ergänzte Ringo süffisant, »die von der Klinikleitung haben mittlerweile herausgefunden, dass es in dem Krankenhaus, in dem der Blender vorher gearbeitet hat, schon zu Unregelmäßigkeiten kam. Man konnte ihm nur nichts nachweisen. Deshalb wollte man ihn loswerden und hat ihn sozusagen weggelobt.«

Mia klingelten die Ohren. Hatte Olaf zu seinen früheren Kollegen nicht so was wie *Unfähige Meute* gesagt?

»Leute«, mischte sie sich ein, »wir sollten hier keine Gerüchte streuen. Noch haben wir keine offizielle Meldung von der Klinikleitung.«

»Wie auch immer«, ergänzte Ringo noch, »Verdacht auf Verstoß gegen das Betäubungsmittelgesetz oder unerlaubtes Handeln mit verschreibungspflichtigen Medikamenten ... damit ist er seine Approbation los. Hoffentlich.«

Die kleine Versammlung löste sich auf, als der Chef samt Oberarzt am Ende des Flures auftauchte.

Als Mia später nach Hause fuhr, wurde ihr die ganze Tragweite dieser furchtbaren Situation bewusst. Sie war aus dem Schneider, und sollte irgendwer irgendwas behaupten, würde sie es vehement leugnen. Fertig.

Jetzt wurde ihr auch klar, warum er sich anfangs so intensiv nach dem Verhältnis von Chrissy und ihr erkundigt hatte.

Arme Chrissy, die hatte jetzt die Arschkarte in Gold. Sie nahm sich vor, bei ihr anzurufen und sie ein wenig zu trösten. Chrissy war immer hilfsbereit und nett. Das hatte Olaf ohne Skrupel ausgenutzt. Und sie gleich mit.

Drei Frauen gleichzeitig! Der traut sich was, dachte sie erschüttert. Er konnte sich doch denken, dass das irgendwann auffliegt. Waren es wirklich nur drei? Vielleicht gab es noch eine Dunkelziffer. Bäh, nee, weg mit diesem kurzen, aber unseligen Kapitel ihres Lebens! Sie schüttelte sich.

Eine Stunde später hatte sie eine heulende Chrissy am Telefon.

»Es ist einfach nur schrecklich, Mia. Hätte ich bloß den Mund gehalten, wie er es wollte. Aber das letzte Treffen war traumhaft schön. Ich hab gedacht, er liebt mich wirklich, wenn er mich schon in ein tolles Hotel einlädt.«

Mias Herzschlag setzte für einen Moment aus. Dann fragte sie möglichst unschuldig nach. »In ein Hotel?«

»Ja, ein richtig gemütliches Landhotel in der Nähe eines Sees. Wir sind Tretboot gefahren, haben toll gegessen. Er war so aufmerksam, so charmant! Warum spendiert ein Mann einer Frau einen Hotelaufenthalt, wenn er nichts von ihr will?«

»Aus zwei Gründen, liebe Chrissy. Er will keine Spuren in seiner Wohnung und er will Sex, anscheinend mit mehreren Frauen.«

»Und ich bin voll darauf abgefahren«, schnüffelte sie ins Telefon. »Meinst du, er hatte noch mehr am Laufen?«

»Null Ahnung«, presste Mia heraus, dann aber schaffte sie es, Chrissy ganz gut zu trösten. »Weißt du was, Chrissy? Ist doch gut, dass es so gekommen ist. Keiner wird sich jetzt mehr für eure kleine Affäre interessieren. Es gibt größere Schlagzeilen, weil sich jeder noch in Vermutungen ergehen kann, solange die Klinikleitung keine Stellungnahme abgegeben hat. Das mit den fehlenden Opiaten ist eine Riesen-Nummer. Und man feiert Schwester Susa als Heldin. Da liegt jetzt der Fokus drauf. Außerdem ist er der Böse durch diese Sache. Wenn man sich überhaupt noch für dich interessiert, kannst du Mitleid abgreifen.«

»Meinst du?« In Chrissys Stimme schwang ein bisschen Hoffnung mit.

»Da bin ich mir ziemlich sicher.«

So war es auch. Die nächsten Tage kamen noch verschiedene unangenehme Dinge über Olaf ans Licht.

Ob die alle der Wahrheit entsprachen? Mia war es egal und sie hielt sich vornehm zurück.

In der Zwischenzeit hatte die Klinikleitung in einem Newsletter an die Mitarbeiter eine Stellungnahme abgegeben. Wie immer mit feinen Worten, die das Ausmaß nur erahnen ließen. Dr. Münstermann habe in gegenseitigem Einvernehmen die Klinik mit sofortiger Wirkung verlassen. Juristische Schritte würden geprüft, hieß es.

Mia kam von der Frühschicht nach Hause. Herr von Brummer stand im Garten und winkte sie heran.

»Liebste Mia, ich wollte Ihnen meinen Sohn vorstellen. Er ist jetzt zwei Wochen bei mir zu Besuch. »Jens!« Er rief zur anderen Seite. »Komm doch mal bitte.«

Mia sah interessiert in den Garten. Ein großer, schlanker Mann kam ihr entgegen. Das war der Sohn von dem Brummer? Da musste er aber viel von seiner Mutter geerbt haben. Erst als er näher herangekommen war, erkannte sie die Ähnlichkeit im Bereich der Augenpartie. Er hatte die gleichen lebendigen Augen wie sein Vater.

Sie begrüßten sich herzlich und wechselten ein paar nette Worte.

»Mein Sohn wird ebenfalls beim Länderspiel dabei sein.«

»Dann sind wir eine illustre Runde«, freute sich Mia. »Judith bringt ihren neuen Freund mit.«

Und Herr von Brummer überraschte sie mit folgender Information: »Ich habe ihn schon kurz, auf zwei, drei Sätze, kennengelernt. Ein sehr netter Mann.«

Und wieder begriff sie, wie tolerant man hier untereinander war. Der deutliche Altersunterschied war gar nicht erst Thema.

Mia verabschiedete sich und nahm sich vor, Judith zu interviewen, was sie von diesem Jens denn alles wusste.

Als sie abends sah, dass Judith daheim war und ihr Jo noch nicht da, hüpfte sie eben über die Straße zu ihr.

♥ 24 ♥

»Ich bin jetzt mal genauso infosüchtig wie ihr«, rechtfertigte Mia ihre offensichtliche Neugier zu Herrn von Brummers Sohn.

Judith gab bereitwillig Auskunft. »Der Jens ist total nett. Ungefähr alle drei bis vier Monate kommt er für ein paar Tage zu Besuch. Er ist Ingenieur und auf Baustellen in der ganzen Welt unterwegs.«

»Ist für Herrn von Brummer sicherlich nicht einfach, so viel allein, ohne Family.«

»Nö, da irrst du. Er ist ein typisch norddeutsches Gewächs. Ich glaube, er ist mit der Situation ganz zufrieden, lediglich seine Frau fehlt ihm.« Judith kicherte. »Du hast dich übrigens gut in punkto Informationssammlung an unser schönes Landleben angepasst.«

Über Mias Gesicht huschte eine leichte Röte. »Er kommt doch auch zum Fußballspiel. Da dachte ich mir, es könnte nicht schaden, wenn man etwas mehr weiß. Ist er genauso neugierig wie sein Vater?«

»Er hat viel von seiner Mutter. Sie war ganz das Gegenteil von Brummerchen. Die beiden haben sich prima ergänzt. Hattest du schon Abendbrot?«

»Nein.«

»Magst du bei mir bleiben? Ich richte uns schnell was.«

»Kommt dein Jo nicht?«

»Der muss noch einen Vortrag zusammenstellen. Wir sehen uns morgen wieder.«

Mia strahlte. »Dann gerne.«

Es wurde ein unerwartet schöner und langer Abend, den die Mädels in Judiths Garten genossen.

In den kommenden Tagen ebbten in der Klinik die Gespräche rund um Dr. Münstermann und sein unethisches Verhalten ab, und der vorgezogene Ausbau der Notambulanz mit Arbeitsbeginn wurde Tagesthema. Dem schloss sich nahtlos die Planung des Sommerfestes an, das allerdings dieses Jahr aufgrund dieser baulichen Veränderung in den September verschoben wurde.

Freiwillige wurden mal wieder gesucht. Chrissy trat die Flucht nach vorne an und war binnen Kurzem plötzlich wichtiger Anlaufpunkt geworden. Kein Mensch brachte sie mehr mit Münstermann in Zusammenhang, sie war die kompetente Ansprechpartnerin für die reibungslose Koordination zum Klinikfest.

Chrissy lud Mia zum Essen ein. Auf die Frage nach dem Warum erhielt sie die folgende Begründung: »Ganz einfach, weil du da warst, keine Häme über mich ausgekippt hast, mich getröstet hast, als ich vor Scham über den Boden gekrochen bin. Und noch etwas: Du bist die Einzige gewesen, die mich angerufen und nach meinem Leid gefragt hat.«

Auch dieser Abend war sehr schön, und Mia hatte eine enge neue Freundin gewonnen.

Dann war er da, der Tag des Länderspiels. Schon morgens verwöhnte die Sonne das Alte Land. Es herrschte rege Geschäftigkeit vor dem Haus von Rob und Tilo.

Mia hatte gerade den Kuchen in den Ofen geschoben, als Judith zu ihr rüber kam. »Hmh, es duftet gut!«

»Danke. Wann genau fängt es eigentlich an?«

»Ungefähr eine Stunde vor dem Spiel versammeln sich alle.«

»Und wer baut jetzt auf?«

»Tilo und Rob, Herr von Brummer mischt grundsätzlich mit und macht die beiden irre. Ist immer so.« Judith kicherte. »Heute allerdings ist glücklicherweise Jens mit dabei, da wird es für die Jungs erträglicher.«

»Er ist tatsächlich umgänglicher beziehungsweise pflegeleichter als unser Brummerchen? Ich meine das nicht böse, aber Brummer ist häufiger eingeschnappt oder regt sich schnell auf, nicht? «

»Kann man so sagen. Aber unser dickes Brummerchen hat ein großes Herz aus Gold. Mit Jens haben wir einige Male gemeinsam gefeiert.« Sie überlegte kurz und grinste. »Das tun wir eigentlich immer, wenn er seinen Vater besucht. Er passt ganz gut in die junge Riege hier.«

»Gehen wir nachher zusammen?« Man merkte Mia die leichte Unsicherheit an.

»Klar. Wir holen dich ab. Jo kommt gleich.«

Mit köstlichen Leckereien bewaffnet, zogen sie zu dritt los.

Judith warnte die beiden vor. »Wenn sich das Brummerchen aufregt, müsst ihr das einfach über euch ergehen lassen. Nach dem Spiel ist das alles wieder vorbei.« Und dann berichtete sie Jo von der

Schiedsrichter-Vergangenheit ihres Nachbarn.

Mit großem Hallo wurden sie als Letzte empfangen. Jo stellte sich den anderen gleich ganz unkompliziert als Judiths Freund vor.

Oje, wie rede *ich* ihn denn an, überlegte Mia noch, als Professor Winter zu ihr sagte: »Mia, bist du so nett und gibst mir mal ein Käseröllchen?«

Während sie ihm erleichtert die Platte reichte, goss ihr die Vermieterin von Judith ein Glas Bowle ein. Die Erdbeeren leuchteten sattrot. Schwupps, hatte Mia ein Fruchtstück aufgespießt und schob es begierig in den Mund. »Oh, spritig! Guuut!« Das nahm Frau Wittig als Kompliment, sie strahlte.

Als das Spiel begann, war die Stimmung bestens.

Laute Schreckensrufe ertönten, stürmte die gegnerische Mannschaft das deutsche Tor, Anfeuerungsrufe hallten durch die Luft, wenn der richtige Spieler durch geschicktes Manöver den Ball eroberte. Selbst die sonst eher ruhige Frau Wittig kam völlig aus sich heraus, oder lag es an ihrer gehaltvollen Bowle, der die Damenrunde mit Freude zusprach? Rabea hatte schon ganz rosige Wangen bekommen und Rose fischte ein rotes Fruchtstückchen nach dem anderen aus ihrem Glas.

Magnus von Brummer hielt es nicht auf seinem Stuhl, wurde eine Torszene gefährlich.

Und was konnte er sich aufregen, wenn gefoult wurde! Krebsrot schimpfte er wie ein Rohrspatz, bemängelte, wie man Mia vorher vorgewarnt hatte, die Fehler des in seinen Augen absolut unfähigen Schiedsrichters, den er mit Lusche, Warmduscher, Blechpfeife und Blindfisch betitelte. Er erinnerte zunehmend an eine Dampfmaschine.

Das erste Tor für die deutsche Mannschaft fiel

und alle Arme flogen jubelnd in die Luft. Magnus von Brummer hüpfte wie ein schwergewichtiger Gummiball an seinem Platz auf und nieder.

Die Halbzeitpause sorgte für ein bisschen Beruhigung. Mias Nusskuchen wurde gelobt, die Männer widmeten sich einer Flasche Aquavit und fachsimpelten nochmals über einige Spielszenen. Wortführer war Herr von Brummer.

»Da ist er ganz in seinem Element.« Rose kicherte hinter vorgehaltener Hand.

»Das habe ich gehört, Rose!« Aber Herr von Brummer war nicht böse darüber. »Ich bin halt Experte.« Dann drehte er sich zu Mia. »Sie müssen wissen, liebe Mia, ich war nämlich mal Schiedsrichter. Und ich ...«

»Ja ja ...«, unterbrach ihn Rose und tippte ihm beruhigend auf die Hand, da sie neben ihm saß. »Wir haben Mia natürlich schon informiert, dass du alles weißt in dieser Hinsicht, Magnus.«

Seine Augen blitzten auf. »Ach tatsächlich? Habt ihr denn auch erzählt, dass ich seinerzeit das Rekordspiel der Regionalliga gepfiffen habe und ...«

Der Anpfiff der zweiten Halbzeit erlöste alle.

Es waren keine zehn Minuten gespielt, da gab es ein hässliches Foul. Herr von Brummer sprang mit hochrotem Kopf auf und schrie: »Das gibt es doch gar nicht! Warum zieht diese Null keine rote Karte? Das ist Rot! Rot! Rot!«

»Papa, beruhige dich bitte!« Jens fasste seinen Vater am Arm.

Aber Herr von Brummer schüttelte seine Hand unwirsch ab, den Blick nicht vom Bildschirm nehmend.

»Das finde ich unmöglich, es ist ein Skandal, ich bin ...«

Plötzlich verstummte er, fasste sich, fast erstaunt, an die Brust und sackte lautlos zusammen.

♥ 25 ♥

Für eine Schrecksekunde waren alle ganz ruhig, nur der Kommentator des Spieles schrie nach einem Elfmeter.

Sofort war Jo um den Tisch gesprungen und zog mit Unterstützung von Jens und Rob Herrn von Brummer zwischen den Stühlen heraus vor den Garagenbereich. Er kniete sich neben ihn und schlug leicht an seine Wangen. »Herr von Brummer, hören Sie mich?« Er bekam keine Antwort. Schnell prüfte er die Atmung. Dann öffnete er sein Hemd.

»Kreislaufstillstand. Judith, den Rettungswagen.« Aber dieser Hinweis war unnötig, denn seine Freundin machte der Leitstelle soeben die notwendigen Angaben.

Jo hatte direkt mit der Herzdruckmassage begonnen. Obwohl sie nur vier Minuten auf den Rettungswagen samt Notarzt warten mussten, erschien ihnen allen diese Zeit wie eine Ewigkeit.

Jo übergab seinen Patienten fachmännisch. Er kannte den diensthabenden Notarzt. Jens erkämpfte sich einen Platz bei seinem Vater im Rettungswagen.

Völlig verstört schauten sie dem großen Auto hinterher, das erst so erschreckend laute Martinshorn wurde leiser.

»Er wird doch wieder gesund?« Rose zitterte.

Mia und Judith wussten genau um den Ernst der Situation. Mia nickte halbherzig, in der Angst, die beiden hochbetagten Damen könnten durch den Schock auch gesundheitliche Probleme bekommen. Judith nahm Rose beruhigend um die Schulter. »Glaub mir, er ist in besten Händen.«

Jo bekam die fürchterliche Situation in den Griff. »Wir trinken jetzt erst mal einen Schnaps, den können wir alle gebrauchen.« Fix schnappte er sich die Flasche, suchte Gläschen zusammen, füllte sie und reichte sie jedem Einzelnen. Die bedröppelten Gesichter sprachen Bände.

»Wir können nichts anderes tun als warten. Lasst uns das Spiel zu Ende ansehen, damit wir Herrn von Brummer hinterher berichten können, sonst ist er womöglich noch sauer auf uns.« Er verbreitete mit seinen Worten eine gewisse Beruhigung. Innerlich jedoch hatte er Zweifel, dass diese Situation gut ausging.

Die deutsche Mannschaft gewann, aber alle schauten mechanisch zu. Es war nicht mehr wichtig.

Sie saßen auch nach dem Spiel zusammen, erzählten Geschichten, um sich abzulenken und hofften, dass Jens mit positiven Nachrichten aus dem Krankenhaus zurückkommen würde. Ab und zu griff noch einer in Verzweiflung zu den Chips, um die Nervosität ein bisschen wegzuknabbern.

Da hörten sie den tuckernden Dieselmotor eines Taxis. Jens stieg aus und kam langsam auf die Wartenden, die ihn alle mit großen Augen anstarrten, zu.

Er blieb mit blassem Gesicht vor dem Tisch stehen und schüttelte nur den Kopf.

Es war ganz still. Jeder Einzelne musste die grausame Wahrheit erst einmal für sich begreifen.

Roses Augen füllten sich mit Tränen. »Aber ... aber ... *wir* wären doch zuerst dran.« Sie schlug sich die faltigen Hände mit den vielen Altersflecken vors Gesicht und schluchzte herzzerreißend. Rabea legte ihre Arme schützend um ihre Schwester, ihre Schultern begannen zu beben, nun weinte auch sie.

Bei Judith flossen die Tränen lautlos. Sie ging zu Jens und umarmte ihn fest. »Es tut mir so leid, Jens, es tut mir so sehr leid«, flüsterte sie.

Bis spät in die Nacht blieben alle bei Rob und Tilo, Jens erzählte von seinen Eltern.

»Gestern hat Papa noch zu mir gesagt: Weißt du, Junge, ohne Mama ist alles irgendwie sinnlos.«

»Wir wissen, wie sehr er sie vermisst hat«, bestätigte Rose leise.

»Ich glaube, immer wenn es ganz schlimm war, hat er ein Vogelhäuschen gezimmert«, mutmaßte Rabea.

»Deshalb haben wir hier auch so viele«, ergänzte Rob mit einem Anflug von Humor.

Jens musste lachen. »Jedenfalls habt ihr alle eine Erinnerung an meinen Vater. Es wird kein neues Vogelhäuschen mehr geben.«

»Ich hab noch eins bekommen.« Das sagte Mia fast andächtig. Und sich zu Jens wendend, versprach sie: »Ich werde es in Ehren halten.«

»Danke, das freut mich.« Jens lächelte sie an. »Ich habe mir vorgenommen, nur die groben notwendigen Dinge hier zu erledigen. Ich reise erst einmal zurück, um ein Projekt, das in der Endphase ist, abzuschließen und dann einen längeren Urlaub einzureichen. Es gibt hier schließlich einiges zu tun.«

»Wenn wir dich irgendwie unterstützen können, sag Bescheid, wir machen es gern.« Tilo holte tief Luft und man sah, wie schwer ihm diese furchtbare Situation zu schaffen machte.

»Danke, ich schlafe erst einmal eine Nacht darüber. Würdet ihr mir den Gefallen tun, morgen früh zum Frühstück rüberzukommen? Ich möchte nicht allein sein, und ich denke, es ist ganz im Sinne von Papa.«

Alle brachen gemeinsam auf und liefen die wenigen Meter heim. Mia ging neben Frau Wittig, die sichtlich gebrochen war.

»Er war ein netter Nachbar, eigentlich muss ich sagen, die von Brummers waren stets gute Nachbarn. Was wird jetzt mit dem Haus? Ach, solche Veränderungen sind immer sehr beängstigend.«

Judith, die mit Jo vor ihnen herlief, drehte sich um. »Jens wird schon die richtigen Entscheidungen treffen.«

»Aber das Ungewisse ...«, ihre Stimme zitterte.

Mia beneidete Judith. Jo war ihr Stütze in dieser schrecklichen Situation und sie waren zu zweit. Sie hätte viel darum gegeben, heute Nacht nicht allein einschlafen zu müssen.

In dieser Nacht ließ Mia das Licht an. Dunkelheit hätte sie nicht ertragen können. Sie zog ihre Decke bis unters Kinn. Wieder und wieder hatte sie den Zusammenbruch von Herrn von Brummer vor ihrem geistigen Auge, sah Professor Winter bei den Wiederbelebungs-Maßnahmen, hatte das Martinshorn im Ohr. Es war alles einfach nur schrecklich. Andere überlebten einen Zusammenbruch doch auch. Warum er nicht?

Sie stellte fest, dass sich der neugierige, aber liebenswerte Herr von Brummer in den wenigen Wochen, den sie ihn kannte, ein bisschen in ihr Herz gestohlen hatte. Ihr blieb eine schöne Erinnerung, das Vogelhäuschen.

Um halb sechs war es mit dem Schlaf vorbei. Sie quälte sich nicht mehr, indem sie sich von einer Seite auf die andere warf, sondern stand auf. Viel zu früh – was nun tun?

Jo und Judith würden die Brötchen holen, Rose und Rabea stifteten selbst gemachte Marmelade, Rob und Tilo steuerten Käse bei. Jeder sollte mitbringen, was der Kühlschrank für ein Frühstück hergab. So ließ Mia den Blick durch ihr Kühlgerät schweifen. Und ihr kam eine Idee. Eier, ja, Butter, ja, Vanilleschote ja, Sahne auch noch. Das reichte für ein paar Waffeln.

Kurz vor neun sah sie, wie Judith und Jo hinübergingen. Sie nahm die frischen Waffeln samt Sahnetöpfchen und balancierte ihre Fracht hinüber zu Brummerchens Haus. Bevor sie das Grundstück betrat, atmete sie noch einmal tief durch. Nie wieder würde der alte Mann hier stehen und hinüberwinken, nie wieder neugierige Fragen stellen. Sie vermisste ihn jetzt schon. Und was passierte mit dem Haus?

Sie wurde aus ihren Gedanken gerissen, denn Rob und Tilo kamen heran.

»Traust du dich nicht rein?«, fragte Rob.

»Doch, schon, aber irgendwie hatte ich gerade eine Gedenkminute.«

Tilo erinnerte sich. »Wie er hier immer auf dem Boden kniete, um die Rasenränder korrekt zu schneiden, und hinterher hat er sich über Knieschmerzen beschwert, der Gute.«

»Lasst uns reingehen.« Rob ging voran.

Mia war froh, in Begleitung zu sein. Das allererste Mal betrat sie Herrn von Brummers Haus. Es trug deutlich eine frauliche Handschrift. Er schien seit dem Tod seiner Frau nichts verändert zu haben. Es war gemütlich.

Jens hatte den Tisch bereits eingedeckt und Judith stellte gerade einen Rosenstrauß in die Mitte. »Die mochte er so gern.«

Rose und Rabea waren intensiv in ein Gespräch mit einem jüngeren Mann vertieft, den Mia nicht kannte. Aber ihr Blick blieb an ihm haften. Dunkelblonde Wuschelfrisur, Dreitagebart. Ein einfaches schwarzes T-Shirt und eine ausgewaschene Jeans mit schon in die Jahre gekommenen Turnschuhen.

Hätte sie gestern Männer noch in die Wüste schicken können – das hatte sich soeben geändert. Oh Mann! Wer – war – das – denn?

♥ 26 ♥

Rabea blickte auf und erspähte sie. »Ah, da ist sie!« Sie winkte Mia heran. »Komm her, Kind, komm zu uns!«

Nun drehte auch der unbekannte Mann den Kopf zu ihr. Ihre Blicke trafen sich. Mia kam es vor, als wäre sie soeben tief in hellbraunen, strahlenden Augen versunken.

»Gib mal her!« Rose war aufgestanden und nahm ihr energisch Waffeln und Sahne ab. »Du hast ja gar kein Patschehändchen für die Begrüßung frei!«

Schon sprang dieser attraktive Mann auf und reichte Mia die Hand. Ein fester Händedruck nahm sie gefangen. Sie fühlte ein angenehmes Prickeln. Er hatte ein offenes, herzliches Lächeln.

»Felix Bartelsen. Schön, dass wir uns kennenlernen.«

Wie meinte er das denn? Während Mia noch rätselte und wie mechanisch »Mia Tiemel« antwortete, gab Rabea ihr Auskunft.

»Das, liebe Mia, ist unser Herr Pfarrer!«

Das Frühstück wurde eine Mischung aus Heiterkeit und Besinnlichkeit. Man ließ nochmals lustige und traurige Momente im Leben von Magnus von Brummer passieren, jeder trug eine Kleinigkeit dazu bei – mit Ausnahme von Mia. Was hätte sie auch schon sagen sollen? Die Zeit, Herrn von Brummer richtig kennenzulernen, war einfach zu kurz gewesen. Ihr blieb nur die Rolle als Zuhörerin.

Allerdings glitten ihre Augen immer wieder zu dem jungen Pfarrer. Manchmal kreuzten sich ihre Blicke. Er lächelte. An seiner Seite saß Rabea, die ihn richtiggehend anhimmelte. Jedenfalls verstand sie jetzt durchaus, warum sich die beiden alten Ladys gerne in der Pfarrgemeinde engagierten.

Felix Bartelsen hatte sich eine Waffel genommen und lobte sie. »Hmh, mit Vanillearoma. Das mag ich unheimlich gern.«

Obwohl Mia es nicht wollte, huschte eine leichte Röte über ihr Gesicht. »Danke«, hauchte sie fast schüchtern.

»Unsere Mia kann hervorragend backen«, tönte Rabea.

Mia stutzte, denn Rabea hatte gestern beim Fußballspiel das allererste Stückchen Kuchen von ihr probiert!

»Und wie praktisch«, redete die Seniorin fast triumphierend weiter, »sie spendet gleich zwei Kuchen zu unserem Pfarrfest.«

Die Augen von Pfarrer Bartelsen lagen wieder auf Mia. »Das ist total nett von Ihnen.«

Mia nickte nur.

»Werden Sie die Damen denn auch beim Kuchenverkauf unterstützen?«, fragte er.

»Hm ...« Was nur sollte sie sagen?

Da rettete sie Rose. »Mia ist, wie Judith, Krankenschwester, Pfarrer Bartelsen. Es kommt auf den Dienst an, den sie an diesem Tag hat.«

Wieder nickte Mia nur, warf Rose aber gleichzeitig einen dankbaren Blick zu. Die zwinkerte lächelnd.

Jens übernahm das Gespräch. »Ich habe mich übrigens entschieden. Wenn die Beerdigungs-Formalitäten hier geklärt sind, reise ich erst einmal zurück, um dort einiges in die Wege zu leiten, komme aber zeitnah wieder, um alles Weitere ...« Ihm versagte die Stimme.

Rob griff rettend ein. »Mach dir keine Sorgen um Haus und Garten, Jens. Wir helfen dir, alles in Schuss zu halten. Tilo und ich kümmern uns um den Rasen und die Beete, Frau Wittig wird sicherlich die eingehende Post herausholen und für dich aufbewahren.«

Frau Wittig nickte. »Das erledige ich natürlich.«

»Ich denke«, ergänzte Tilo, »jeder übernimmt für deine Abwesenheitszeit eine kleine Aufgabe. Das ist machbar für alle von uns und hilft dir.«

Die anderen stimmten zu.

»Danke, das ist echt nett von euch.«

Als sich später die Frühstücksgesellschaft auflöste, die Frauen hatten bereits das Geschirr gespült und wieder an seinen Platz gestellt, kam der Pfarrer noch einmal zu Mia.

»Liebe Frau Tiemel, meinen Dank nochmals für die großzügige Kuchenspende. Wir jüngeren Leute duzen uns übrigens alle. Wenn Sie möchten ...«, er pausierte kurz und sah Mia intensiv an, »ich bin der Felix.« Er hielt ihr seine Hand hin, die Mia lächelnd ergriff. »Und ich die Mia.«

»Du kennst unsere Kirche noch nicht, habe ich mitbekommen?«

»Nein, bisher nicht. Es war wenig Zeit nach dem Umzug, ich ... hm ... offen gesagt«, dann war sie entwaffnend ehrlich, »ich bin nicht so der Kirchgänger.«

»Das muss jeder halten, wie er es für richtig erachtet. Aber darf ich dir unser Prachtexemplar von Kirche denn mal zeigen, eine Art Führung mit Futter der geschichtlichen Daten?«

»Gern«, hörte sich Mia sagen.

»Passt es heute Nachmittag, gegen drei?«

Mia überlegte kurz. »Eigentlich ja.«

»Dann komm doch eigentlich rüber zur Kirche.« Er grinste. »Ich warte vor dem Kirchenportal.«

Völlig durcheinander saß Mia ein wenig später auf ihrer Terrasse. Sie versuchte, einen Krimi zu lesen, konnte ihm aber nicht folgen, denn immer wieder wanderten die Gedanken zu Pfarrer Bartelsen.

Faktisch war so ein attraktiver Pfarrer eine Unverschämtheit!

Und sie ertappte sich, dass sie länger im Bad stand und sich sorgfältig stylte.

Fünf vor drei machte sie sich auf den Weg. Hoffentlich sah sie niemand! Aber vergeblich. Rose und Rabea standen lächelnd nebeneinander in der Haustür und winkten ihr zu.

»Einen schönen Nahaaachmittaaag für euch«, rief Rabea.

»Danke.« Was sollte sie auch sonst sagen?

Sie stand gerade auf der Straße, als Judith, die Mia nicht gesehen hatte, aus ihrem Garten rief: »Viel Spaß!«

Mia hob halbherzig die Hand und grinste schief. Wie gut, dass Rob und Tilo in der Gegenrichtung wohnten. Aber da hatte sie die Rechnung ohne das Leben gemacht. Das Auto der beiden kam ihr, kaum war sie einige Meter gelaufen, entgegen.

Rob kurbelte das Fenster hinunter. »Entspannten Nachmittag mit unserem Felix.« Und Tilo beugte sich weit vor, um Mia ins Visier zu nehmen. »Hey, schick siehst du aus.«

Na wunderbar! Alle hatten es mitgekriegt, alle wussten Bescheid. Hier galt wirklich, egal, was man machte: Nachbarn inklusive!

Als sie um die Ecke kam, sah sie ihn schon. Verhext! Ein Date wäre klasse, nicht die Besichtigung einer Kirche. Aber sie musste sich zusammenreißen. Er war Pfarrer!

Felix begrüßte sie und nahm sie mit in das uralte Backsteingebäude. Sie bekam tatsächlich eine fundierte Geschichtsführung. Irgendwann um 1500 war diese Kirche entstanden, im Laufe der Jahrhunderte wurde sie mehrfach umgebaut.

Mia bewunderte den mehrere Meter hohen, barocken Altar und auch die Sitzkissen der Holzbänke. Voller Stolz erklärte ihr Felix, dass diese von jeher schon vom örtlichen Handarbeitskreis gefertigt wurden. Alle weiteren Informationen gingen bei ihr irgendwie unter, Mia war abgelenkt von diesem attraktiven Mann.

»Darf ich dich auf eine Tasse Kaffee in meinen Garten einladen?«

Mia zögerte einen Augenblick zu lange, denn er versicherte ihr: »Ich tu dir nix!«

Sie grinste schief. Genau das könnte glatt ein Problem werden, dachte sie.

Einige Minuten später saß sie in einem gemütlichen Gartenstuhl und nahm einen Schluck dampfend hei-

ßen Kaffee.
Trotzdem war sie unsicher. Wie sich jetzt verhalten? Daher bedankte sie sich erst einmal für die Führung.

»Nichts zu danken, Mia. Darf ich dich um etwas bitten?«

♥ 27 ♥

»Natürlich.« Mia war gespannt, erfuhr es aber nicht, denn im Haus klingelte das Telefon. Felix entschuldigte sich und spurtete hinein.

Kurz danach war er wieder da, sein Gesicht ernst. »Es tut mir leid, Mia, ich muss los. Man hat die alte Frau Jensen ins Krankenhaus gebracht, es geht ihr gar nicht gut. Sie hat nach mir verlangt.«

»Oh, natürlich!« Sie sprang auf. »Danke für den Kaffee, ich bin dann mal weg.«

»Darf ich mich bei dir melden?«

»Mach das.«

Die folgenden Tage wartete Mia vergeblich.
Mensch Mia, maßregelte sie sich selbst, das ist ein Pfarrer, wenn auch ein evangelischer. Aber ihre Gedanken kreiselten nur um Felix Bartelsen, ob nun in der Klinik oder daheim. Er meldete sich nicht. Auf so ein Verhalten habe ich wohl ein Abo, dachte sie frustriert.

Wie vereinbart, sorgte die Nachbarschaft für Haus und Garten von Herrn von Brummer. Mia erledigte ihren Teil, sie goss die Rabatten.

Dann war die Zeit auch schon um, Jens kehrte zurück. Herr von Brummer wurde unter großer Anteilnahme des Ortes beigesetzt. Viele ehemaligen Kollegen der Polizei waren ebenfalls gekommen, um ihm die letzte Ehre zu erweisen. Und Pfarrer Bartelsen fand rührende Worte.

Mia sah ihn zu diesem traurigen Ereignis das erste Mal wieder. Während der Trauerrede ruhten seine Augen des Öfteren auf ihr.

Jens hatte in ein Café in der Nähe eingeladen. Dort hielt es Mia aber nicht lange, das lag ihr nicht. Der Tag war traurig genug gewesen. Sie verabschiedete sich nur von Judith, die allein gekommen war, da Jo an diesem Tag einen straffen Operationsplan hatte.

»Du, ich kann das hier nicht mehr, ich möchte nach Hause, zumal ich heute noch die Nachtschicht habe.«

So bekam sie nicht mit, dass ihr Felix hinterherschaute. Er setzte sich zu Judith. »Hast du einen Augenblick Zeit für mich?«, fragte er.

Die Traurigkeit verließ Mia den Nachmittag nicht und sie war froh, dass die kommende Nachtschicht sie ablenken würde.

Sie hatte ihre Handtasche schon gegriffen und wollte aus dem Haus, als es klingelte. Sie riss die Tür auf und erstarrte.

Vor ihr stand Felix Bartelsen. »Hallo Mia.«

»Hallo.«

»Ich störe, sehe ich, du möchtest weg.«

»Arbeiten. Ich habe die Nachtschicht heute.«

»Ich bin dir noch etwas schuldig. Ich möchte dich gerne einladen. Es gibt ein schönes Café direkt an der Elbe. Wir können flussabwärts nach Cuxhaven schauen und elbaufwärts nach Hamburg.«

»Erst einmal«, setzte Mia an, »bist du mir nichts schuldig.«

»Doch doch, ich habe ja neulich ...«

Mia unterbrach ihn. »Es gibt verschiedene Berufe, da hat man eben oft keinen geregelten Feierabend und muss auch in der freien Zeit verfügbar sein. Das ist in Ordnung.« Sie lächelte ihn an.

Erleichtert lächelte er zurück. »Und? Nimmst du die Einladung an?«

»Tu ich.«

»Dann mache ich dir noch einen Vorschlag. Was hältst du davon, wenn wir dorthin mit dem Fahrrad fahren? Wir könnten ein wenig den Elberadweg erkunden und genießen danach im Café die Aussicht auf den Fluss.«

Mit großen Augen sah ihn Mia an. »Das wird zweifach scheitern. Der erste Grund ist, ich habe seit meiner Kindheit nicht mehr auf einem Rad gesessen, und der zweite: Ich habe gar kein Fahrrad.«

»Kein Problem. Ich kann dir eins besorgen.«

Mia wurde die Zeit knapp. Schade, dass er nicht ein bisschen eher gekommen war. Sie sah auf ihre Armbanduhr. »Du, es tut mir echt leid, aber ich muss los.«

»Entschuldige, ich halte dich hier auf. Kann ich dich morgen anrufen?«

»Klar.«

»Wann passt es dir?«

»Ich komme gegen sieben von der Schicht, mit ein bisschen schlafen ... so am frühen Nachmittag?«

»Okay.«

Felix ging mit ihr zum Auto und wartete, bis sie im Wagen saß. Mia ließ das Fenster herunter. »Dann bis morgen.«

Er beugte sich zu ihr hinab und kam ihr recht nahe. »Du, ich freu mich total.« Eine Antwort wartete

er nicht mehr ab.
Durch Zufall hatte Judith diese Szene mitbekommen. Gespannt beobachtete sie die beiden. Felix hatte sich während des Beerdigungskaffees zu ihr gesetzt und sie ganz vorsichtig gefragt.

»Du, sag mal, die Mia ... hm ... du bist doch eng mit ihr befreundet?«

»Sie ist meine liebste Arbeitskollegin, aber seitdem sie hier wohnt, sind wir auch privat eng befreundet.«

»Ist sie eigentlich vergeben, ich meine, hat sie einen Freund?«

Judith schmunzelte innerlich, denn Felix konnte seine Unsicherheit nicht verbergen, er kratzte sich nervös den Handrücken.

»Sie gefällt dir?«

»Sehr.«

»Und warum versuchst du es dann nicht?«

»Na, weil ich nicht weiß, ob sie jemanden hat, beziehungsweise, wie sie zu dem Beruf des Pfarrers steht ... ach, und überhaupt.« Er berichtete ihr von dem abgebrochenen Nachmittag.

»Felix«, sie lächelte ihn aufmunternd an, »geh hin, lade sie ein. Deinen überraschenden Aufbruch an diesem Tag kannst du doch als Argument verwenden. Und wenn sie nicht will, weißt du Bescheid. Damit fühlt sich keiner unwohl, keiner hat sein Gesicht verloren, und ihr könnt euch in Zukunft begegnen, ohne komisches Gefühl.«

»Dann mache ich das später einfach mal.«

Judith sah auf die Uhr. »Geh lieber gleich. Sie hat Nachtschicht und wird in Kürze aufbrechen.«

Felix stand auf. »Gott, bin ich aufgeregt.«

»Nee, den lieben Gott brauchst du wegen ein bisschen Aufregung nicht bemühen.« Judith lachte, und Felix griente verlegen.

»Danke.«

Judith beobachtete, wie er sich von Jens verabschiedete und ihn noch einmal freundschaftlich umarmte. Dann war er schnellen Schrittes verschwunden.

Dass seine Einladung Erfolg haben würde, daran zweifelte sie nicht, denn die letzten Tage hatte Mia auf der Station immer wieder von ihm gesprochen. Nicht direkt, aber sie lenkte das Thema doch gerne auf den Pfarrer, mit kleinen Äußerungen wie: »Rose und Rabea meinen, ich solle am Pfarrfest mit aushelfen« oder »Felix ist geschichtlich echt versiert, was der alles über den Kirchenbau wusste« oder »er hat eine sehr einfühlsame Art.«

Beim wiederholten Male blieb Judith mit der Nierenschale, die sie für die Blutabnahme schon in den Händen hielt, stehen.

»Mia, warum sagst du mir nicht ganz direkt, dass du ihn Bombe findest.«

Mia lief flatschrot an. »Herrgott, weil er Pfarrer ist!«

Kopfschüttelnd machte sich Judith auf den Weg ins erste Zimmer. Mia hörte sie noch sagen: »Warum die beiden jeweils Gott für diese Kleinigkeiten bemühen müssen?« Den Satz allerdings verstand Mia nicht.

Judith beobachtete die Straße noch immer und lächelte in sich hinein, als sie ihre Kollegin losfahren sah. Da schien sich endlich etwas anzubahnen ... Sie wünschte Mia alles Glück, denn sie war bereits lange solo, und sie wusste, wie sehr sie sich nach einer Schulter zum Anlehnen sehnte.

Mia überholte Felix mit dem Wagen und winkte ihm noch zu. Er hob die Hand zum Gruß. Jetzt hatte sie tatsächlich ein Date mit ihm, und sie freute sich unbändig.

Nur die Sache mit dem Fahrrad, die machte ihr ein bisschen Kopfzerbrechen.

♥ 28 ♥

Am anderen Tag musste Mia nicht lange warten, bis Felix anrief. Leider passten ihre freien Intervalle für das kommende Wochenende nicht zusammen.

»Wollen wir es verschieben?«, fragte Mia, durchaus mit Bedauern. »Ich habe ab nächsten Donnerstag meinen Jahresurlaub, da kann ich mich deinen Zeiten anpassen.«

Und so wurden Mia die nächsten Tage unendlich lang.

Judith schwebte im siebten Himmel und verriet Mia am letzten Tag vor ihrem Urlaub noch ein Geheimnis.

»Du bist die Erste, die es erfährt. Aber bitte niemandem sagen, das mache ich später.« Sie strahlte. »Wir werden heiraten!«

»Nein!«, schrie Mia auf.

»Dohoch! Gestern Abend hat Jo mir einen Heiratsantrag gemacht. Oh Mia«, sie schloss für einen Moment die Augen, »ich bin so was von glücklich!«

»Und wann?«

»Im Spätherbst. Da haben wir beide zufällig gleichzeitig Urlaub. Den nutzen wir.«

»Wie schön. Wird es eine große Hochzeit oder eher eine kleine? Ich biete dir in allem meine Hilfe an.«

Übermütig nahm Judith Mias Hände und tänzelte mit ihr über den Flur. Da linste Ringo um die Ecke. »Hey, was ist denn mit euch los?«

»Mia geht in ihren Jahresurlaub. Das hat uns beflügelt,« kicherte Judith. Gelogen hatte sie schließlich nicht.

Mit Aufregung lief Mia zum Pfarrhaus. Schon von weitem sah sie Felix an Fahrrädern hantieren.

Nach der Begrüßung fragte sie neugierig: »Sag mal, wo hast du denn das Fahrrad für mich her?«

»Mia, hier ist Dorf. Da gibt es jede Menge davon, die sich der Pfarrer ausleihen darf.«

»Aha.«

Die ersten Meter wackelte Mia mit dem Rad von links nach rechts, danach ging es aber gut. Es war ein wundervoller Sommertag. Viele Touristen waren auf dem Elberadweg unterwegs und sie genoss das Zusammensein mit Felix. Endlich mal etwas zu zweit machen – außer mit einem Mädel.

Sie machten später Rast in einem Café direkt am Elbdeich.

»Es ist toll hier«, freute sich Mia.

»Hab ich dir doch gesagt.« Felix nahm die Karte. »Eigentlich hätte ich mehr Hunger auf was Deftiges«, gestand er. »Am liebsten Fisch.«

»Ich auch«, freute sich Mia. Sie angelte eine Karte vom unbesetzten Nachbartisch und studierte sie.

»Was hältst du von einem Küstenteller? Mit Matjes, Nordseekrabben und Rührei.«

»Perfekt.«

Somit stellten sie die erste echte Gemeinsamkeit fest. Beide mochten sie Fisch und Meeresfrüchte.

»Ich kann übrigens ein ganz wunderbares Schollenfilet zubereiten«, brüstete sich Felix. »Das Rezept habe ich von meiner Mutter.«

Das war natürlich extra prahlerisch gesagt, und es erfüllte seinen Zweck. Ende dieses Themas war, dass Mia zum Schollenessen bei ihm eingeladen war.

Aber Mia war auch neugierig. »Warum bist du Pfarrer geworden? Was machen denn deine Eltern?«

»Ich komme aus einem Pfarrhaushalt, deshalb war mir das nicht fremd. Ich habe noch drei Brüder und eine Schwester. Bei uns war ständig etwas los. Meine Eltern haben mehr oder weniger ein offenes Haus geführt. Eigentlich stehen die Türen noch immer offen, obwohl mein Vater im wohlverdienten Ruhestand ist. Ich mag den Kontakt mit anderen Menschen, aber ebenfalls die Hilfestellung, die eine Kirche, ein Pfarrer geben kann.«

Er sagte es ohne Theatralik und sie spürte seine Liebe zum Beruf.

»Verstehe ich. Ich liebe meinen Job als Krankenschwester auch. Es ist ähnlich. Der Kontakt mit anderen Menschen ist da, man kann helfen, trösten und aufbauen. Nur manchmal halt nicht, wenn der Tod kommt.«

»Das Ende bestimmt eben nicht der Mensch, und das ist gut so.«

»Und dann haben wir natürlich die andere Seite«, Mia seufzte. »Manche Patienten wollen sich gar nicht helfen lassen, die leiden gerne, oder sie schlagen alle Warnungen in den Wind. Da muss man schon manchmal die Wut unterdrücken.«

»Ach«, er winkte ab, »es gibt genauso einige, die bei mir Hilfe suchen, aber noch nicht mal ansatzweise über die Dinge nachdenken wollen, die man sagt. Da kannst du gleich mit deinem Kühlschrank reden. So sind halt die Menschen.«

Gestärkt fuhren sie wenig später weiter und kamen erst am frühen Abend wieder daheim an. Mia lud Felix noch zu einem Glas Wein auf ihre Terrasse ein.

Kaum saßen sie dort, winkte Rabea zu ihnen herüber. »Huhu! Einen schönen Abend, euch zwei beiden!«

Felix sprang direkt auf, lief rüber und sprach ein paar Worte mit ihr. Mia beobachtete ihn, wie er gestikulierte und lachte. Die enge Jeans ließ seinen Po verdammt gut zur Geltung kommen. Ein Schuss, der Herr Pfarrer!

Ganz kurz dachte sie an die Ereignisse der letzten Wochen. Sie saß auf dem Land, was sie nie für möglich gehalten hätte. Sie war auf einen Blender reingefallen, dabei hatte sie geglaubt, ihr könne das nie passieren, und sie war mit einem Pfarrer ausgegangen, das lag auch jenseits ihrer bisherigen Vorstellungskräfte. Das Leben schrieb schon manchmal komische Seiten.

»An was denkst du?« Felix war wieder da.

»Einfach nur, dass es hier schön ist. Und dass ich erst gar nicht ins Alte Land wollte.«

»Hier ist es echt lebenswert, und die Damen Behrens sind wirklich liebenswürdig.« Er trank einen Schluck Wein. »Magst du mir die Story erzählen, warum du nicht in diesen Ort wolltest?«

Mia berichtete ihm. »Und nun kann ich mir gar nicht mehr vorstellen, in der Stadt zu leben. Selbst die Autofahrt genieße ich. Ich bin seinerzeit das erste Mal ins Alte Land gekommen, als die Apfelbäume in voller Blüte standen. Ein traumhaftes Bild! Und schaut man jetzt um sich, hängen die leckeren Äpfel daran und warten darauf, bald geerntet zu werden. Diese Luft, dieser Duft ... weißt du, dass ich hier richtig glücklich bin?« Dann kicherte sie. »Am Anfang haben mich Rose und Rabea ein ganz klein bisschen an *Arsen und Spitzenhäubchen* erinnert, dabei stimmt das in keiner Weise. Sie haben ein bewegtes Leben hinter sich und Rabea ist erstaunlicherweise emsig im Internet unterwegs.«

Felix lachte auf. »Rose ist das immer noch suspekt. Aber sie hat mir anvertraut, dass sie sich freut, wenn Rabea mal wieder ein Schnäppchen gemacht hat. Außerdem sind die beiden wirklich gut drauf. Sie engagieren sich intensiv für das Sommerfest, was die Kuchenvielfalt betrifft. Und sie machen das richtig gut, haben sogar ganz moderne Ansichten und Ideen.«

Innerlich amüsierte sich Mia. Die Damen Behrens setzten sich ausschließlich wegen ihm derart engagiert ein. Vorher, hatte Rose ihr anvertraut, haben sie sich vornehm zurückgehalten, weil der damalige Pfarrer ein altmodischer, sittenstrenger, harter Knochen gewesen sei. Wie hatte es Rose noch formuliert? »Gänzlich festgefahren in seinen Einstellungen war der, Mia, wirklich! Ein schrecklich anstrengender greiser Mann! Da hatte auch die Jugend zu nichts Lust. Nur die alten sittenstrengen, verbiesterten Jungfern der Gemeinde fanden ihn gut.« Wie sie das gesagt hatte! Als wäre sie selbst um Jahrzehnte jünger.

»Da wir gerade von Engagement sprechen«, Felix sah Mia liebevoll an, »hättest du nicht Lust, dich auch ein wenig einzubringen, gemeinsam mit den beiden? Eine Kuchentheke kommt doch erst richtig zur Geltung, wenn eine hübsche junge Frau mit dahinter steht, da bekommt manch einer Appetit auf Süßes.« Er zwinkerte vergnügt.

»Aha, du rekrutierst also auf diesem Wege neue Gemeindemitglieder?« Das meinte Mia allerdings nicht wirklich ernst, doch Felix hatte es so aufgefasst.

Er legte spontan seine Hand auf ihre. »Nein, da verstehst du was ganz falsch, Mia. Ich finde dich zauberhaft, das finden sicherlich viele Gemeindemitglieder auch und du bist ein Gewinn für alle, die mit dir zu tun haben. Also, was ist? Machst du mit beim Pfarrfest?«

♥ 29 ♥

Na großartig! Er war der Traum ihrer vergangenen Nächte gewesen, seine Hand auf ihrer jagte elektrische Schläge durch ihren Körper – und der Kerl fragte nach ihrem Einsatz beim Pfarrfest. Hier gab es nicht nur Nachbarn, sondern auch kalte Duschen inklusive.

Zu allem Überfluss stand Felix auf. »Dann werde ich jetzt mal den weiten Weg nach Hause radeln.« Er grinste. »Danke für den schönen Tag, Mia.«

Sie begleitete ihn an die Einfahrt, wo die Fahrräder geparkt waren.

»Kannst du deins für den nächsten Ausflug hierbehalten?« Und dann sagte er zu Mias Überraschung: »Morgen vielleicht?«

Oh wunderbar, freute sich Mia innerlich. Jajajaaa, hätte sie am liebsten losgeschrien. Aber laut sagte sie: »Klar, ich habe Urlaub, wenn es sich mit deinen Terminen vereinbaren lässt.«

»Für dich, Mia, schiebe und puzzle ich alles um, was geht.«

Mia wusste gar nicht, wie ihr geschah, als er sie kurz sanft umarmte. »Danke nochmals. Es war eine wunderbare Zeit mit dir. Morgen um zwei?«

Innerlich verwirrt und unsicher lag Mia im Bett. Was sollte das geben? Traf er sich mit ihr, um die

Gemeindearbeit umzuverteilen oder hatte er persönliches Interesse an ihr? Sie wurde aus ihm nicht wirklich schlau. Mal sah er sie an, als wäre er höllisch verliebt, dann wiederum erzählte er wie mit einer lieben Bekannten.

Aber vielleicht würden die nächsten Tage erhellende Klarheit bringen.

Der nächste Morgen brachte ihr erst einmal deutlich Klarheit in gesundheitlichen Belangen. Beim Aufstehen spürte sie ein heftig schmerzhaftes Ziehen in den Po- und Oberschenkelmuskeln. Und das steigerte sich von Minute zu Minute. Gegen Mittag plagte sie ein Muskelkater, der sich gewaschen hatte.

»Ich kann echt kein Fahrrad fahren heute«, jammerte sie Felix an, als er vor der Tür stand, um sie abzuholen. Sie rieb sich über die schmerzenden Oberschenkel. »Das war zu viel gestern.«

Felix grinste. »Gerade deshalb musst du heute aufs Rad.«

Nach kürzester Zeit jedoch gab Mia genervt auf. »Tut mir echt leid, aber ich will nicht mehr. Mir tut alles weh. Das macht keinen Spaß.«

Sofort fuhren sie zurück. Felix entschuldigte sich bei ihr. »Sorry, dass ich dich überredet habe. War total rücksichtslos von mir.«

»Quatsch, du hast es doch gut gemeint.«

Sie erreichten eine Sitzbank. Felix stieg ab. »Du machst jetzt hier Pause. Ich fahre nach Hause, ist ja nicht weit, und hole das Auto. Und dann vergnügen wir uns heute mit einer Fahrt über Land.«

Mia strahlte. Er hatte viel Zeit für sie eingeplant. Das motivierte sie.

»Nein! Einen derartigen Aufwand treiben wir keinesfalls. Ich schaffe das bis nach Hause. Ich bin schon ein großes und auch tapferes Mädchen.« Sie kicherte und fügte schnell hinzu, so als befürchtete sie, er könne sich es noch anders überlegen: »Aber dein Angebot mit dem Umsteigen ins Auto nehme ich an.«

Ein wenig später fuhren sie, die Fenster geöffnet, durch das Alte Land. Die unterschiedlichsten Düfte umkreisten sie, die Sonne gab ihr Bestes.

Das ist Glück, dachte Mia. Sie lehnte ihren Kopf zurück und schloss die Augen.

Auch die nächsten Tage verbrachten sie, soweit es seine Zeit zuließ, gemeinsam. Mal saßen sie bei ihm im Garten, mal bei ihr auf der Terrasse oder sie unternahmen kleine Ausflüge in die Umgegend.

»Die schönste Art, meine neue Heimat kennenzulernen«, hatte sie ihm dabei einmal gesagt.

»Dann bleibst du hier auf dem Land?« Felix hatte sie dabei mit Spannung angesehen.

»Und ob! In die Stadt will ich nicht mehr.« Und sie träumte sich weg, ohne daran zu denken, wer neben ihr auf dem Deich saß. »Man genießt die Jahreszeiten hier wunderbar bewusst. Kinder wachsen inmitten der Natur auf. Weißt du, was ich mir wünschen würde? Einen Hund! Den wollte ich als Kind schon immer. Man kann hier laufen, bis der Arzt kommt. Und noch etwas gibt es hier zur Genüge: Parkplätze!«

Da hatte Felix laut losgelacht und sie spontan umarmt.

Dass sich die beiden gut verstanden, war mittlerweile auch Thema im Dorf. Als sich der Seniorenklub traf, wurden Rose und Rabea neugierig interviewt.

»Was ist das denn für eine junge Dame, für die sich unser Pfarrer so auffällig interessiert, Rose?«

»Liebste Hedwig, es ist unsere neue Mieterin. Eine ganz patente Person und sehr netter Mensch.«

»Ich hatte eigentlich angenommen, dass unser junger Pfarrer Gefallen an Sibylle Walz finden wird, wenn man bedenkt, wie sie sich für die Pfarrgemeinde engagiert.«

»Das ist doch jetzt nicht dein Ernst, Hedwig!«, entrüstete sich Rabea.

»Sie gäbe sicher eine prima Pfarrersfrau ab«, rechtfertigte sich die biedere Hedwig. »Sie ist in jeder Hinsicht pflichtbewusst, immer pünktlich und kleidet sich ...«

Rabea fiel ihr ins Wort. »... wie eine altenglische Gouvernante! Wenn ich schon diese steifen Blusen in altrosa oder beige-braun mit dem Schlüppken vorne sehe, dann gruselt es mich.«

»Aber Rabea, ein Pfarrer braucht doch etwas Solides.«

»Er sollte aber Spaß an der Sache haben«, ergänzte nun Annegret kopfnickend, die sich über diesen Wortwechsel sichtlich freute. Ihre langen Granat-Ohrringe baumelten erwartungsfroh hin und her.

»Du meinst ...«, Hedwig ließ den Satz fast atemlos offen.

»Genau!«, haute Rabea mit Freude in die Kerbe, ihre Stimme wurde dann aber doch leiser. »Sex, liebe Hedwig. Der macht jeden geschmeidig. Könntest du dir die Sibylle beim Sex vorstellen?«

»Die macht sicherlich das Licht aus«, kicherte Annegret albern los.

»Hedwig sah von einer zur anderen. »Mein Gott,

da tun sich ja schlimme Abgründe auf! Schämt euch! In eurem Alter!«

»Wir leben noch! Der liebe Gott hat uns einen gesunden Menschenverstand und Humor gegeben. Das hält uns frisch.« Das sagte diesmal erstaunlicherweise Rose. »Und außerdem, Hedwig, meine Tugendwächterin, die Mia Tiemel, also unsere Mieterin, ist Krankenschwester.«

»Ah ..., das ändert die Sachlage natürlich. Ein ganz wichtiger Beruf und sicherlich ebenfalls eine adäquate Ergänzung für unseren Herrn Pfarrer.« Sie überlegte einen Augenblick. »Das wird der Sibylle aber gar nicht gefallen. Dann gehe ich besser morgen nicht in die Bücherei. Sie hat vorgestern schon eine komische Andeutung gemacht und versucht, mich auszuhorchen. Doch ich wusste ja nichts. Und ich will keinesfalls der Überbringer der schlechten Nachrichten sein. Das soll ihr jemand anders stecken.«

»Oha«, sinnierte Annegret, »da würde ich mich auch zurückhalten. Die Sibylle kann richtig kiebig werden.«

Hedwig sah in die Runde. »Nun, unter diesen Umständen ... könnte mir jemand einen Krimi leihen? Ich hab nichts mehr zu lesen und bräuchte was mörderisch Gemeines, aber es darf nicht zu blutig sein.«

»Wenn du willst, komm nachher mit zu mir«, bot Annegret an. »Ich habe gerade was Nettes mit perfiden Morden ohne viel Blut ausgelesen. *Heiß geliebt – Eiskalt gemordet* hieß es.«

»Oh danke, das wäre meine Rettung für diese Woche.« Dann wandte sich Hedwig wieder an Rose und Rabea. »Meine Lieben, berichtet! Was gibt es noch über diese Krankenschwester zu sagen? Sie ist doch hoffentlich nicht bereits geschieden? Und ist sie auch evangelisch? Wie hat unser Pfarrer sie überhaupt kennengelernt? Ich habe sie, nebenbei bemerkt, im Gottesdienst bisher nicht gesehen. Kommt sie ...?«

Liebe Hedwig«, unterbrach Rose sie, »lass dem Leben mal seinen Lauf. Wir werden noch früh genug weitere Informationen erhalten, denke ich.«

Rose gab sich betont lässig. Das war sie innerlich jedoch nicht. Die beiden Schwestern hatten nämlich genau im Blick, wann Felix Bartelsen zu Mia kam oder sie ihr Häuschen Richtung Pfarrhaus verließ.

Dass sie das brisante Thema des Seniorenklubs gewesen waren, davon ahnten Mia und Felix nichts, als sie von einem Ausflug abends zurückkamen.

♥ 30 ♥

»Rose, komm schnell«, rief Rabea aufgeregt, »da sind sie!« Sie stand seitlich am Fenster, sodass man sie von der Einfahrt aus nicht sehen konnte.

Mit trippelnden Schritten kam Rose heran und spähte über Rabeas Schulter. »Sie bleiben im Wagen sitzen.«

»Die haben sich sicherlich noch was zu sagen. Oder sie verabreden sich wieder«, mutmaßte Rabea.

»Er sollte sie küssen!«

»Das finde ich auch. Er darf wirklich nicht so lange fackeln, der Gute. Ein Zuckerstückchen wie Mia kann schnell weg sein vom Markt. Wenn ein fescher Arzt im Krankenhaus daherkommt ..., ich glaube unser Herr Bartelsen sieht diese Gefahr nicht.«

»So vergeistigt ist er schließlich auch nicht. Der schnallt das schon.«

»Aber wer zu spät kommt, den straft das Leben.«

Beide beobachteten interessiert das Paar, das sich im Auto unterhielt. Dann stieg Mia aus.

»Wieder nix!« Rabea war enttäuscht. »Was machen wir denn da, Rose?«

Nichtsahnend lief Mia zu ihrem Häuschen. Die Gedankengänge von den beiden alten Ladys unterschieden sich jedoch gar nicht viel von ihren.

Mensch, wie locke ich ihn nur aus der Reserve,

überlegte sie, als sie ihre Haustür aufschloss. Gerade heute hatte sie vermutet, würde er sich ihr nähern. Es schien auch zweimal so, trotzdem bekam er irgendwie im letzten Moment die Kurve nicht.

In den vergangenen beiden Wochen hatten sie viel Zeit miteinander verbracht, aber es passierte nichts! Mehrfach nahm er sie schüchtern um die Schulter, ließ sie jedoch gleich wieder los. Ein paar Mal umarmte er sie zudem, halt nur freundschaftlich, so würde man Bruder oder Schwester auch ans Herz drücken.

Dabei hatten sie durchaus über ihre ganz persönlichen Vorstellungen vom Leben gesprochen, und die deckten sich in vielen Aspekten.

Über zwei Dinge schmunzelte sie im Nachhinein. Er hatte ihr anvertraut, dass er Strickjacken weder bei Männern noch bei Frauen leiden mochte, dafür aber Hände mit Nagellack als absolut attraktiv empfand. Wie gut, dass sie sich für den Urlaub entschlossen hatte, ihre Nägel zu bepinseln!

Aber auch das hatte nicht gereicht, einen Kuss zu bekommen. Mensch, er war kein Löwenherz, Hasenfuß passte besser!

Morgen sahen sie sich nicht, denn sie war mit Chrissy verabredet. Sollte er doch Sehnsucht haben. Leider war sie diejenige, die heftig unter Entzugserscheinungen litt.

»Nein, echt? Das Häuschen hast du ganz für dich allein?«

Chrissy war sichtlich überrascht und Mia richtig stolz.

»Ja. Und das Schlimmste ist, ich hätte es viel eher haben können, aber ich wollte nicht ins Alte Land.«

»Verstehe ich nicht. Man ist doch relativ schnell hier rausgerutscht mit dem Wagen.«

»Hab ich dann auch gemerkt, als ich das erste Mal hierher gefahren bin.«

Sie verbrachten einen netten Nachmittag auf der Terrasse. Ganz kurz kamen sie auf das Thema Olaf, und Chrissy berichtete Mia, dass eine Anzeige gegen ihn lief. »Das war's für ihn. Ich hoffe, der kriegt nie wieder einen Job in einem Krankenhaus.«

»Das ist auch besser für die Patienten.«

»Und für Schwestern auch«, fügte Chrissy mit schwarzem Humor hinzu und zog eine Grimasse.

Schnell verließ Mia dieses Thema, sie wollte nicht mehr an ihre geistige Umneblung erinnert werden, die sie alle Vorsicht hatte über Bord werfen lassen.

Chrissy hatte ihr Erlebnis mittlerweile auch verarbeitet. »Ich denke einfach nicht zurück. Die Vergangenheit kann ich nicht mehr verändern, also würde ich mich ständig selbst verletzen. Ich sehe in die Zukunft und hoffe, einem Mann zu begegnen, der ehrlich und offen ist.«

Mia nickte. »Das ist eine gute und positive Einstellung.«

»Und du hattest übrigens recht. Durch meine Arbeit für das Klinik-Sommerfest interessiert sich keiner mehr für das leidige Thema Dr. Münstermann und Schwester Chrissy.«

»Siehste!«

Als Chrissy bei einbrechender Dunkelheit wieder Richtung Hamburg wollte, brachte Mia sie noch bis zum Auto.

»Sollte hier in der Nähe mal eine Wohnung frei sein, würdest du es mir sagen? Ich hätte rasendes Interesse.«

»Versprochen.«

Chrissy schaute nochmals fast sehnsüchtig zu Mias Haus zurück. »Du Glückliche!«

Diese Worte hallten in Mia den Abend über noch nach. Es stimmte, sie war glücklich hier. Und das berauschende Glück wohnte ein paar Häuser weiter im Pfarrhaus. Nur wie ihn richtig einfangen? Eine Idee fand sie bis zum Zubettgehen nicht mehr, aber sie wusste, sie wollte ihn.

Am kommenden Tag waren sie zum Frühstück verabredet. Felix hatte sie eingeladen. »Wir gehen mal nicht aus, sondern ich zauber uns ein schönes Rührei, und frische Brötchen hole ich auch.«

Aber Mia hatte darauf hingewiesen, dass sie eh beim Bäcker vorbeiging. Und da stand sie nun. Vor ihr bekam eine junge Frau gerade eine Tüte über die Theke gereicht. Dem Gespräch entnahm sie, dass sie wohl ehrenamtlich des Öfteren in der hiesigen Bücherei arbeitete und so kam das Thema auch schnell auf Pfarrer Bartelsen. Mia spitzte ihre Öhrchen und konnte kaum glauben, was sie hörte.

»Der Pfarrer und ich, wir treffen uns zu einem Arbeitsfrühstück«, gurrte die junge Frau.

Wie Arbeitsfrühstück, überlegte Mia und betrachtete sie genauer. Langweilig war das erste Wort, dass ihr in den Sinn kam. Kam noch jemand heute früh dazu? Sofort war ihre Laune auf dem Nullpunkt. Darauf hätte Felix sie schließlich hinweisen können!

»Es gibt sicherlich noch eine Menge Arbeit, nicht wahr, das Sommerfest naht«, bekräftigte die Verkäuferin. »Wie gut, dass du die Organisation nahezu ganz übernommen hast.«

Die junge Frau nickte wichtig.

»Oh ja, Pfarrer Bartelsen braucht tatkräftige Unterstützung. Er weiß, dass er sich völlig auf mich verlassen kann. Als wir neulich Kaffee gemeinsam tranken«, sie machte eine kurze bedeutungsvolle Pause, und so klebte natürlich der Blick der Verkäuferin auf ihr, »haben wir verschiedene wichtige Dinge besprochen. Ich denke, ich werde noch einige Sachen übernehmen oder bearbeiten. Aber ich mache das auch gerne. Ich sage immer, eine Gemeinde benötigt Mitarbeiter, die sich engagieren. Und ich weiß, wie sehr Pfarrer Bartelsen meine Unterstützung schätzt.«

»Unser netter Herr Pfarrer«, die Dame hinter der Theke zählte währenddessen das Wechselgeld ab, »bräuchte wirklich langsam eine Frau. Ich habe neulich noch zu meinem Mann gesagt, ein Pfarrer kann die Belange einer Gemeinde nur verstehen, wenn er selbst Familie hat. Dann kennt er sich mit den kleinen Sorgen und Nöten aus.«

»Das ist wohl wahr.«

Die Verkäuferin klimperte mit den Wimpern. »Er ist durchaus ein attraktiver Mann.«

Die junge Frau lachte albern auf und nahm das Wechselgeld entgegen. Dann drehte sie sich herum und verließ, ohne Mia eines Blickes zu würdigen, die Bäckerei. Obwohl es Mia nicht wollte, bestellte sie die Brötchen mit klopfendem Herzen.

Das war ja wohl der Hammer! Die trank also auch Kaffee mit Felix. Was, wenn sie sich alles nur eingebildet hatte? War da mehr als nur Sympathie für sie? Oder war er einfach nur ein netter Pfarrer?

Warum verbrachte er die Freizeit mit ihr? Gut, sie hatte jetzt Urlaub und Zeit. War er genauso verliebt und seine Anlaufzeit lediglich länger? Oder wollte er sie mit dieser Aktion nur rekrutieren zum Dienst in der Gemeinde, der hier so großgeschrieben wurde?

Jedenfalls würde sie Felix gleich ins Kreuzverhör nehmen. Mia hatte keinen Bock mehr auf ein geschundenes Herz. Es sollte ab sofort in einem angenehmen Fahrwasser von Vertrauen und Offenheit durch das Leben segeln.

Angespannt lief sie die wenigen Meter zu seinem Haus. Was erwartete sie dort? Ein Frühstück zu dritt?

♥ 31 ♥

Ihr Herz raste schon, als sie die Klingel betätigte. Felix riss die Tür auf und schleuderte ihr ein bestgelauntes »Moin« entgegen. »Komm rein in die gute Stube.«

Etwas zögerlich betrat sie den Flur.

»Was ist?« Er sah sie irritiert an.

»Nichts weiter, ich musste nur länger warten beim Bäcker.«

Er grinste. »Das kenne ich, die Damen kommen aus dem Geschnatter morgens gar nicht mehr raus. Übrigens, ich habe hier im Haus gedeckt. Heute traue ich dem Wetter nicht. Es soll Regen geben. Und da hinten an der Wetterseite bauen sich schon dunkle Wolken auf.«

»Aha.«

Zögerlich ging sie hinter ihm her in die große Wohnküche. Sie schluckte. Saß da jetzt schon jemand?

Zu ihrer allergrößten Erleichterung war niemand anwesend. Aber Felix selbst verschlechterte ihren Gemütszustand.

»Du, ich muss nachher nur einmal kurz rüber in die Bücherei. Die hat eigentlich nicht geöffnet, aber die Sibylle, die dort ehrenamtlich arbeitet, hat Urlaub und anscheinend einiges Liegengebliebenes aufgearbeitet. Da treten wohl Fragen auf.« Er ging zur Kaffeemaschine und holte die bereits gefüllte Glaskanne. »Hmh ... ich liebe Kaffeeduft!«

»Ach so, warum hast du das dann nicht gesagt? Wir hätten das Frühstück doch verschieben können.«

»Ich habe das auch bis gestern Abend nicht gewusst. Sie hat mich angerufen.«

»Abends?«

Er nickte.

»Das finde ich aber komisch.«

Felix goss ihr eine Tasse ein. »Warum stehst du eigentlich noch? Setz dich doch bitte!«

Unsicher und innerlich vollkommen aufgewühlt ließ sich Mia auf den Stuhl gleiten.

»Und jetzt sagst du mir«, er sah sie besorgt an, »was du hast. Ich merke ganz genau, dass irgendetwas nicht in Ordnung ist.«

Da brach es aus Mia heraus und sie berichtete, was sie in der Bäckerei aufgeschnappt hatte.

»Ach du Schreck«, war die erste Reaktion von Felix. Er nahm einen Schluck Kaffee. »Dazu muss ich dir etwas beichten.«

In Mia rotierten die Gedanken. Jetzt erzählt er mir, dass er was hat mit der. Oder was von ihr will oder ...

»Die Sibylle war gleich zu Beginn, als ich die Stelle hier antrat, sehr hilfreich. Das fand ich auch unheimlich nett und habe ihre Unterstützung gern in Anspruch genommen. Wir haben also Zeit miteinander verbracht.«

Klar, dachte Mia sofort. Wie mit mir! Auf diese Weise bekommt man engagierte Gemeindemitglieder!

»Dann allerdings habe ich gemerkt, dass sie in mir

wohl mehr als den Pfarrer der Gemeinde sieht.«

Mia blieb stumm. Sie sah verlegen in ihre Kaffeetasse.

»So habe ich mich Stück für Stück zurückgezogen, verletzen will ich sie schließlich nicht.«

»Ich glaube«, Mia fielen die Worte schwer, »wir sollten weniger Zeit gemeinsam verbringen. Nachher gibt es noch Gerüchte.« Sie stand auf und nahm ihre Tasche. »Natürlich backe ich, wie versprochen, die beiden Kuchen. Aber auf dem Gemeindefest helfen, unter der Organisationsleitung dieser ... dieser Sibylle, ich glaube, das möchte ich nicht.«

Schon war sie an der Tür, da hatte sie Felix erreicht und hielt sie am Arm fest.

»Hey, spinnst du jetzt? Ich will nix von der, habe das nie gewollt! Dies hier ist meine erste Pfarrstelle und ich bin vielleicht ein bisschen unbedarft am Anfang gewesen.«

Mit so einem Aussehen sollte man nicht unbedarft sein, schoss es Mia durch den Kopf. Aber irgendwie schien er seine Attraktivität gar nicht wahrzunehmen.

»Bitte, Mia, setz dich wieder! Ich habe mich so auf das Frühstück mit dir gefreut.«

Sie zögerte.

»Dann muss ich Fakten schaffen! Ich gehe eben rüber zur Bücherei und bin, das verspreche ich dir, spätestens in zehn Minuten wieder hier! Ich klär das sofort, Mia. Bitte, bitte bleib hier und warte auf mich. Ich möchte heute Morgen nichts anderes als mit dir frühstücken.«

Sein flehender Blick sprach Bände. Sie wusste auch nicht warum, aber sie gab nach und setzte sich wieder an den Tisch.

Er blieb an der Tür stehen. »Versprich mir, dass du wartest.«

»Versprich mir, dass du in zehn Minuten wieder hier bist«, antwortete Mia schärfer, als sie eigentlich wollte. Er nickte – und weg war er.

Mia trank ihren Kaffee in kleinen Schlucken. Dann stand sie auf, ging zur Kaffeemaschine und goss sich eine zweite Tasse ein.

Mensch, wie elend lang zehn Minuten sein können! Und warum bleibe ich hier sitzen? Wo bin ich denn da zwischengeraten? Ich komme mir vor wie in einem Kitschfilm *Der heiße Pfarrer und die wilden Frauen* oder so ähnlich. Und prompt verbrannte sie sich bei diesen unsinnigen Gedanken die Zunge.

Da öffnete sich die Tür und außer Atem kam Felix wieder. »Wie versprochen, alles erledigt.« Er sah auf seine Armbanduhr. »Und das in Rekordzeit. Es waren nur acht Minuten.«

Das war ja wieder einmal ganz typisch Mann! Hier gab es anscheinend zwei Frauen, die ihn mochten – und er sorgte sich um die Anzahl der Minuten!

Er schmiss sich auf seinen Stuhl. »So. Frühstück.« Völlig losgelöst reichte er ihr den Brötchenkorb, um direkt wieder aufzuspringen. »Zu blöd! Das Rührei. Hab ich glatt vergessen.«

Er hechtete zum Herd und hantierte eifrig. Tatsächlich bekam sie ein fantastisches Rührei mit frischen Kräutern serviert.

Erneut setzte er sich ihr gegenüber. »Zu deiner Info, Sibylle ist keineswegs die Organisatorin. Einen derartigen Job gibt es in diesem Sinne gar nicht. Jeder übernimmt einen Teil der Verantwortung, wie beispielsweise Rose und Rabea für das Kuchenbuffet. Sibylle hilft schon seit Jahren in der Bücherei mit. Da habe ich mich natürlich gefreut, dass ich erfahrene Kräfte hatte, als ich angefangen habe. Und um das Thema abzuschließen: Ich denke, ihr ist klar geworden, dass ich kein lohnenswertes Ziel für die Zukunft bin. Ich war nett zu ihr, aber deutlich.« Er kostete von dem Rührei. »Ha! Gut gelungen! Schlag zu, Mia.«

Damit war für ihn das Thema vom Tisch. Und eigentlich für Mia auch. *Sie* saß ihm schließlich gegenüber, und nicht die andere. Innerlich zuckte sie mit den Schultern. So ist das halt im Leben, mal gewinnt, mal verliert man. Heute habe ich gewonnen! Sieger! Außerdem trug ihre Konkurrenz vorhin eine Strickjacke. Und diese Gedanken sorgten für gute Laune bei ihr.

Ein normales, ungezwungenes Gespräch kam wieder in Gang, ganz so, wie es immer zwischen ihnen gewesen war.

»Wollen wir mal in den Garten gehen? Da wächst eine Sorte Blumen, von der ich gar nicht weiß, wie die heißt. Aber die Blüten sind so hübsch.«

»Ich komme zwar gerne mit, doch ich werde dir da auch nicht helfen können, ich lebe erst seit einigen Wochen auf dem Land.« Mia grinste.

Ein wenig später machten sie einen Rundgang im Garten. Die Blümchen waren tatsächlich schön, aber Mia hatte keinen blassen Schimmer. »Frag Rose oder Rabea, die wissen das.«

»Ich freu mich auf die Apfelernte«, begann Felix und sah Mia erwartungsfroh an.

»Ich mich auch. Ich liebe Äpfel.« Mehr sagte sie nicht.

Es blieb still.

Dann kam er damit raus. »Wenn ich sie vom

Baum hole, würdest du einen Apfelkuchen daraus machen?«

»Gedeckt, versunken, mit Streuseln, Rosinen, Mandeln oder Guss, Low carb oder mit Sahne und Eierlikör, rund, oder auf dem Blech?«

Er lachte auf. »Okay, ich nehme alle Variationen.« Und dann passierte etwas, was Mia sich schon lange gewünscht hatte. Er nahm sie in den Arm und ließ sie nicht mehr los. Endlich! Vorsichtig lehnte Mia ihren Kopf an seine Schulter.

Da beugte sich Felix zu ihr herunter und flüsterte ihr ins Ohr: »Darf ich dich etwas fragen?«

»Natürlich«, hauchte Mia.

»Verrätst du mir dein Waffelrezept?«

♥ 32 ♥

Es war Mia, als hätte sie einen elektrischen Schlag bekommen. Sie machte sich von ihm los und sah ihn mit einer Mischung von Erstaunen und Entsetzen an.

»Das ist jetzt nicht dein Ernst, oder?«

Indem sie das sagte, erkannte sie, dass er ihre Verblüffung gar nicht wirklich wahrnahm, und das sollte sich auch gleich bestätigen.

»Weißt du, meine Eltern kommen nächste Woche Sonntag zu Besuch. Ich würde sie gerne mit den tollen Waffeln verwöhnen, aber wenn du das Rezept nicht preisgeben möch ...«

Mia ließ ihn nicht gar nicht erst ausreden, sondern polterte gleich los. »Ich glaube, Felix Bartelsen, *du* hast heftig einen an der Waffel!« Sie stemmte die Hände in die Hüfen und funkelte ihn böse an.

Langsam verstand Felix. Er griff nach ihrer Hand, aber Mia schüttelte sie ab.

»Lass das! Sorry, ich glaube, *ich* bin das Problem, ich hab da heftig was missverstanden.«

Und schon rannte sie Richtung Haus. Die Tränen verschleierten ihren Blick, sie stolperte über die Terrassentürstufe, konnte gerade noch einen Sturz vermeiden, murmelte »Fuck«, lief in die Küche, griff ihre kleine Handtasche und wollte aus dem Haus, als Felix sie erreicht hatte.

»Bitte, Mia, bleib, ich wollte doch nur ...«

»Das Rezept, ich weiß«, schleuderte sie ihm bitter entgegen, schubste ihn grob an die Seite und rannte hinaus. An der Gartenpforte stoppte sie automatisch ab und betrat mit normalem Schritt den Bürgersteig. Sie schickte ein Stoßgebet in die Wolken. Oh Himmel, sorge dafür, dass mir niemand begegnet!

Das Glück war diesmal mit ihr. Schnell schloss sie mit zittrigen Fingern ihre eigene Haustür auf und verschwand dahinter. Erst jetzt ließ sie ihren Tränen freien Lauf.

Felix war zutiefst betroffen. Eigentlich war er doch zum Frühstück schon am Ziel seiner Träume. Er hatte durch die Sache mit Sibylle erkannt, dass Mia genauso viel an ihm lag wie ihm an ihr. Bereits mehrfach hatte er sich vorgenommen, ihr seine Liebe zu gestehen, aber letztendlich war er doch zu feige gewesen.

Nach kurzer Überlegungszeit ging er hinter ihr her. Er schellte. Keine Antwort. Er klopfte. Nichts.

»Mia, bitte, ich weiß doch, dass du da bist.« Aber es war vergeblich.

Da schaute Rose um die Ecke. Felix wurde krebsrot. »Tja«, er kratzte sich am Kopf, »sie ist wohl ... sie will wohl nicht.«

»Komm mal rüber zu uns.« Sie winkte ihn heran.

Verlegen tappte er zu ihr.

»Ich habe leckere Fruchttörtchen gebacken. Ich denke, du kannst jetzt eins für die Seele gebrauchen.«

Kurz danach hatten die beiden alten Damen alle wichtigen Infos aus ihm herausgekitzelt. »Ich weiß ja, dass ich so gut wie alles falsch gemacht habe. Und jetzt?«

»Och«, meinte Rabea, und schürzte die Lippen, »das mit Sibylle hast du schon einmal richtig gemacht.«

Das allerdings stimmte. Er hatte all seine psychologischen Kenntnisse in die Waagschale geworfen, nur um sie nicht zu brüskieren. Erst einmal hatte er sie gelobt für ihre Arbeit und ihr Engagement, und das war ehrlich gemeint. Und dann hatte er ihr im Vertrauen mit der Bitte um Verschwiegenheit erzählt, dass er sich privat binden möchte. Er hatte bemerkt, wie tief sie das traf. Aber als er sie nochmals bat, diese Neuigkeit erst einmal für sich zu behalten, sie sei die Allererste, die es erfuhr, war es wenigstens ein winziger Trost für sie, dass sie das uneingeschränkte Vertrauen des Pfarrers genoss.

»Soll ich mal mit Mia sprechen?«, bot sich Rose an.

»Würdest du das tun?« Felix sah sie hoffnungsfroh an.

Rose stand auf und ging zu Mia rüber. Auf das Klingeln reagierte sie nicht.

»Mia, ich bin es, Rose, mach doch mal auf!« Sie klopfte energisch an die Tür.

Die öffnete sich nach einer kurzen Wartezeit zaghaft und eine verheulte Mia sah hinaus. »Ach, Kind, was ist denn los?«

Mia schluchzte auf, zog die Tür weit auf und Rose schlüpfte hinein.

Felix musste eine halbe Stunde warten, bis Rose zurückkam. In dieser Zeit litt er Höllenqualen, obwohl Rabea ihm seelische Unterstützung gab. Insgeheim fragte er sich, woher die beiden alten Damen diese Lebenserfahrung für Beziehungen hatten. Stille Wasser sind tief.

»Mein lieber Felix, du solltest jetzt rübergehen, die Tür ist offen.« Rose hielt ihren Daumen hoch.

»Danke, Rose.«

Felix klopfte an den Türrahmen. Keine Antwort, er klopfte noch einmal an. Ein dünnes »Komm rein« kam aus der Küchenecke. Er sah sie verheult und verlegen am Fenster stehen. Wortlos ging er auf sie zu und umarmte sie. Er spürte einen leichten Widerstand, so strich er ihr liebevoll über das Haar und küsste ihren Haaransatz. Dann nahm er allen Mut zusammen.

»Mia, du, ich bin total in dich verliebt, aber ich habe mich einfach nicht getraut, es dir zu sagen. Ich war echt froh, dass du immer um mich warst, trotzdem war ich zu feige.«

Er spürte, wie ihr Widerstand schmolz.

»Wie kann ein großer Mann derart mutlos sein?«

»Vielleicht ist für eine tolle Frau wie dich ein Pfarrer nicht unbedingt das Gelbe vom Ei.«

»Völliger Quatsch.« Mia holte tief Luft. Es war einfach die Erleichterung, die sich bei ihr Bahn brach. »Aber so eine Schote wie vorhin, mit den Waffeln ... ich fasse es nicht! Schlimmer geht nimmer! Du bist so ein ... ein ... ein hinterwäldlerischer Klotz!«

»Dann musst du mir Schliff geben.«

Jetzt lehnte sie sich an ihn. »Das wird harte Arbeit.«

»Wo du gerade Arbeit sagst. Eins solltest du wissen, ich bin Pfarrer mit Leib und Seele. Das habe ich von daheim mitbekommen. Man braucht Herz,

Verstand, Menschenkenntnis und Zeit für die Gemeindemitglieder. Natürlich kann man mittlerweile auch neue Techniken für Kontakte nutzen. Ich bastel übrigens an einer Website für unsere Gemeinde und spiele mit dem Gedanken an einen kleinen, aber feinen Gospelchor. Er räusperte sich. »Ich schweife ab. Eine Beziehung ist vielleicht nicht ganz einfach. Die Leute drumherum haben darauf immer ein besonderes Auge.«

»Es gibt Türen, die man schließen und Fenster, die man verdunkeln kann. Und wo ist jetzt dein Problem?«

»Du müsstest eine Menge mittragen. Ich muss auch in freien Zeiten mal raus.«

»Ich bin schon ein großes Mädchen. Und wo ist jetzt dein Problem?«

»Seniorennachmittage, Pfarrfeste, Gottesdienste.«

»Ist doch sehr abwechslungsreich. Und wo ist jetzt dein Problem?«

»Beerdigungen, Hochzeiten, Taufen.«

Mia zuckte mit den Schultern. »Du arbeitest mit vielen unterschiedlichen Menschen. Ich auch. Erklär mir endlich dein Problem.«

Da wiegte er sie sanft hin und her. »Mia, möchtest du mich?«

»Und wie!«

♥ 33 ♥

Ein Jahr später

Mia stand in der Küche und füllte das Waffeleisen mit Teig. Und sie gönnte sich die Erste selbst. Hmh, lecker! Waffeln und ihr Duft würden wohl ewig mit ihr und Felix verbunden bleiben. Sie erinnerte sich noch einmal zurück.

Felix hatte das Waffelrezept nicht von ihr bekommen. Sie hatte ihm die Waffeln gebacken, mit denen er tatsächlich seine Eltern während ihres Besuches verwöhnen wollte. Im Prinzip hatte er sie auf diese Art seinen Eltern vorgestellt. Die Bartelsens waren Mia direkt sympathisch gewesen. Und sie verstand, warum das Pfarrer-Ehepaar früher ein offenes Haus geführt hatte. Sie waren herzlich und umgänglich, interessiert und wohlwollend. Man musste sie einfach gern haben.

Tatsächlich hatte Frau Bartelsen sie hinterher gefragt. »Da ist Vanille drin, nicht wahr?«

»Ja, ich kratze dafür eine ganze Schote aus. Das Rezept ist von meiner Omi, ich habe noch kein besseres gefunden«, gab Mia mit Stolz preis.

»Und ich noch keine Besseren gegessen«, ergänzte Frau Bartelsen. »Würden Sie mir das Rezept verraten?«

»Gern. Das Geheimnis der Fluffigkeit ist übrigens

ein Schuss Mineralwasser im Teig.«
Es klingelte. Mia stürmte zur Tür, um ihre Freundin Judith hereinzulassen.

»Moin. Wie schön, dass du kommst. Die ersten Waffeln sind fertig. Sahne ist bereits geschlagen. Ich habe übrigens auch frische Himbeeren aus dem Garten, sofern du möchtest.«

Ihre hochschwangere Freundin ließ sich auf den Küchenstuhl plumpsen. »Puh, ich bin nur den kurzen Weg gelaufen und völlig außer Atem. Und ja, Himbeeren brauchen wir in jedem Fall.«

»Möchtest du Kaffee oder steht dir den Sinn mehr nach Tee?«

»Ich denke, Tee wäre gut. Hach, Mia, weißt du, wie gut mir diese regelmäßigen Treffen mit dir tun? Wir müssen das unbedingt beibehalten.«

»Klar! Wir sind zwar keine direkten Nachbarn mehr, aber die paar Meter weiter sind eigentlich nicht wirklich relevant.«

In diesem einen Jahr hatte sich viel verändert.

Für die schnellste Neuigkeit sorgte Sibylle Walz. Sie hatte einen neuen Job in der Nähe von Mannheim angenommen und zog Holter die Polter um. Mia zollte ihr heimlich Respekt, sie hätte sich genauso entschieden.

Im goldenen Herbst hatte es eine große Hochzeit gegeben. Judith und Jo hatten alle Nachbarn eingeladen.

»Mensch, sind das viele«, hatte Mia gestaunt, als sie mit Judith die Gästeliste durchging.

Die hatte gestrahlt. »Es ist dabei geblieben und so wird es hier wohl immer sein: Nachbarn inklusive.«

Judith wurde kurz nach der Hochzeit schwanger.

»Wir können uns keine Zeit damit lassen«, hatte Jo augenzwinkernd kommentiert, als sie es stolz verkündeten. »Ich werde eh ein alter Papa.«

Aber Felix hatte gemeint: »Ein solches Gottesgeschenk kommt jederzeit recht, Jo. Wichtig ist, dass das Kind ein Elternhaus hat, in dem es geliebt wird und sich geborgen fühlt.«

Erstaunlicherweise hatte die engagierte und fachlich bestens ausgebildete Krankenschwester Judith gekündigt. Als Mia genauer bei ihrer Freundin nachfragte, erfuhr sie, dass Judith sich ganz der Familie widmen wolle.

»Ich habe keine Großeltern, Mia, die mich unterstützen könnten. Jo geht noch ein paar Jahre, und du weißt, wie der Klinikalltag für ihn ist. Pünktlicher Feierabend ist die Ausnahme. Und mein Kind in fremde Hände geben, jetzt, wo ich am Ziel all meiner Träume bin? Never! Vielleicht kommt noch eins dazu. Da müssen wir uns ranhalten. Ich will mich ausschließlich um die Familie kümmern, Jo den Rücken in jeder Hinsicht freihalten. Und das Haus will auch gepflegt sein.«

Zum Erstaunen aller Nachbarn hatte Jens sein Elternhaus verkauft.

Er sei sowieso immer in der Weltgeschichte auf Achse, vermieten mache keinen Sinn, er könne sich nicht ordentlich kümmern. Das verkündete er, als er noch einmal zurückkam, um nach dem Rechten zu sehen.

Jo hatte die Gelegenheit genutzt und ihn beiseite genommen. Keinen Monat später unterschrieben eine überglückliche Judith und ein stolzer Jo den Kaufvertrag.

»Ich vermisse wirklich nichts, ich schwimme einfach nur im Glück, und in drei Wochen erst recht, wenn unsere Tochter auf der Welt ist. Mal sehen, ob sie pünktlich kommt.« Judith strahlte.

»Will Jo denn immer noch dabei sein?«

»Die Geburt will er sich von nichts und niemandem nehmen lassen. Arzt ist eben Arzt.« Sie teilte sich ein Stückchen Waffel ab, gab einen Klecks Sahne obenauf und ließ eine Himbeere in die Sahne plumpsen. »Und du, wie hast du dich entschieden?«

»Ich bin noch total unsicher. Mal will ich, mal will ich nicht.«

»Und was sagt Felix?«

»Er überlässt die Entscheidung ganz mir. Er hat gesagt, ich müsse glücklich damit sein.«

»Das ist total lieb von ihm.«

Judith spielte mit ihrer Gabel. »Duhu, Mia?«

»Ja?«

»Ich habe eine Idee, einen Vorschlag. Du kannst ihn rundweg ablehnen, für blöd halten, oder darüber nachdenken. Aber es ist ein echtes WWMM.«

Mia stutzte. »Sorry, aber was ist ein WWMM?«

»Das einzigartig beispiellose, coole, wunderbare, unglaublich brillante, famos durchdachte Win-win-Mama-Modell.«

Als Judith sich später verabschiedete, hatte sie Mia eine Menge zum Hin- und Herüberlegen dagelassen.

Am frühen Abend kam Felix zurück ins Pfarrhaus. Mia empfing ihn ganz aufgeregt. »Ich muss direkt mir dir sprechen.«

»Dann schieß mal los.« Felix umarmte seine Mia liebevoll. Seit genau einem halben Jahr war sie seine Frau und seit drei Monaten schwanger.

»Ich kann es selber noch nicht glauben«, Mias Stimme zitterte, »aber Judith hat mir einen Vorschlag gemacht. Sie weiß ja, wie sehr ich meinen Job liebe. Sie hat gesagt, sie nimmt unseren Nachwuchs, wenn ich wieder arbeiten möchte. Es wäre ja allemal nur halbtags. Die Kinder würden gemeinsam aufwachsen. Das wäre doch eine tolle Option, oder?«

»Das ist ein sehr schöner Gedanke.« Felix strich ihr über den Bauch.

»Du wärest damit einverstanden?«

»Ich finde, es ist eine optimale Lösung.«

»Ich schlafe noch eine Nacht drüber, aber ich fühle, so wird es.« Mia lächelte zufrieden, stellte sich auf Zehenspitzen und küsste ihren Mann.

Ihre Entscheidung teilte sie direkt am nächsten Tag ihrer Freundin Judith mit.

»Ich habe mich für das famose, unglaublich supercoole, beispiellos einzigartige WWMM entschieden«, lachte sie.

Bei Judith war Chrissy zu Besuch, die in der Zwischenzeit das kleine Häuschen bei Rabea und Rose gemietet hatte. Mia hatte ihr Versprechen gehalten und sie sofort informiert, als feststand, dass Felix und sie heiraten würden, und Mia somit ins Pfarrhaus umzog.

An dem Tag, als Judith Mutter wurde, erfuhr Mia von ihrem Frauenarzt, dass sie ebenfalls eine Tochter erwartete. Sie eilte nach der Untersuchung direkt ins Krankenhaus zu ihrer Freundin, um das Baby zu bewundern.

Wenige Tage später holte Jo seine kleine Familie nach Hause. Ein Willkommensschild hing oberhalb der Tür und Judith strahlte, als Jo ihr die Tür öffnete und sie mit dem Baby über die Schwelle trat.

Überraschung! Im Wohnzimmer standen Rose und Rabea, Frau Wittig, die Schlunzheimers, Rob und Tilo sowie Mia und Felix und hießen sie willkommen. Jeder bewunderte das kleine süße Wunder.

Der Kaffeetisch war eingedeckt, mehrere Kuchen und rosafarbene Rosen zierten die Tafel. Aromatischer Kaffeeduft zog durch den Raum und kurz danach saßen alle am Tisch und unterhielten sich angeregt.

Das Wetter war herrlich sonnig, die Terrassentüren waren weit geöffnet. Und durch diese erschien nun Chrissy, ein wenig außer Atem.

»Ich habe mich vielleicht beeilt!« Sie trug ein in rosa Papier gewickeltes, mit einer riesigen Schleife verziertes Paket. »Hier wollte ich heute keinesfalls fehlen.«

Chrissy sah augenzwinkernd zu ihrer Vormieterin. »Wie du mir ans Herz gelegt hast, Mia. Nachbarn inklusive.«

♥♥♥

Es gibt von uns auch noch andere Romane mit viel Gefühl und Happy End:

Wintergefühle
Muskelkater sucht Miezekatze
Luxus pur – oder?
Glitzerlilli
Teestunde bei Amelie
Pussy XL
Ab heute bin ich Tussi
Absatz-Schwierigkeiten
Eier nicht rum!
Wild auf Weihnachten
Bürozicken
Ohne ein Eis sage ich nix
Eingeladen und abgeschleppt
Schlag zu und fühl dich wohl

Ich fühl mich heut rosé (Teil 1)
Rosige Zeiten (Teil 2)
Ich brauch ein neues Kleid (Teil 3)

Gefühls-Turbulenzen (Teil 1)
Zuckerpuppe (Teil 2)

Kirschklößchen (Teil 1)
Überraschung, mein Schatz! (Teil 2)

Heiß geliebt – Eiskalt gemordet (Teil 1)
Heiß geliebt – Eiskalt gemordet (Teil 2)

24274632R00128

Printed in Poland
by Amazon Fulfillment
Poland Sp. z o.o., Wrocław